エリート外交官の反則すぎる熱情

～一夜のつもりが見つけ出されて愛され妻になりました～

m a r m a l a d e b u n k o

高田ちさき

marmalade bunko
マーマレード文庫

目次

エリート外交官の反則すぎる熱情
～一夜のつもりが見つけ出されて愛され妻になりました～

エリート外交官の反則すぎる熱情

〜一夜のつもりが見つけ出されて愛され妻になりました〜

プロローグ

空調が効いているはずのマンションの一室。

しかしベッドの中のふたりは、互いの熱を持て余し吐息を漏らしていた。

『君のバイオリンの音色が素敵だと言ったけれど、君の〝啼く〟声の方が何倍も素敵だ』

目の前の男性が歯の浮くような言葉を口にした。気障《きざ》としか言いようのないセリフなのに、彼が言うとしっくりくる。

むしろ今の私の感情を高ぶらせた。

『もっと聞きたい、なぁ、いいだろう？』

耳元で囁いていた彼が、私の顔を覗《のぞ》き込み、乞うような視線を向けてきた。

なんてこと聞いてくるのよ。

まともに答える余裕すら与えないくせに。

彼に抱かれている私の体も思考も、何もかもぐずぐずでまともな会話をするのは難しい。

それでも私は自分の中にある理性やら意地やらをかきあつめて、彼を挑発的な目で見つめる。

『ダメって言ったら？』

獲物を狙う猛獣のような猛々《たけだけ》しい情熱をたたえていた彼の瞳が、一瞬驚いたように見開かれた。

その後、彼はわずかに片方の口角だけをあげて、人の悪い笑みを浮かべた。

ベッドの外では清廉《せいれん》さすら感じさせる彼。そのギャップに、体の芯がしびれる。

翻弄《ほんろう》され、必死になって自分を保とうとしている。それが悔しくて少し意地悪したかっただけなのに、彼のその表情に余計に自分自身が煽《あお》られてしまう。

失敗したかもしれない。

そう思った瞬間、彼が私の首筋に噛《か》みつくようなキスをした。

『嫌でも啼かせてみせるさ』

たしか戦国武将で似たようなことを言った人がいたな——。

そんなどうでもいいことが頭によぎったのは一瞬。その後にもたらされた彼からの大きな快感の波に思考がどこかにいってしまう。

彼は私を抱きしめる腕に、より力を込めた。

彼の体温と鼓動、立《た》ち上《のぼ》る妖艶《ようえん》な香り。
それらに翻弄された私は、もう何も考えずに彼が欲しいと思う。
自分の気持ちに素直になって、ただ彼から与えられる熱と快感に応える。
私の肌の上をすべる優しい手が、吐息が、時々零れる色っぽい声が。
私がまとっている固い殻を一枚ずつ剥《は》いでいくように。

――生まれ変わる。

出会ったばかりの目の前の男性の手で、私は新しい自分に出会うのだ。

第一章

南半球のここオーストラリアでは、サンタクロースはアロハシャツを着てサーフボードに乗ってやってくるらしい。

本当かどうか定かではないが、たしかにこの真夏日にあのフカフカの赤いユニフォームは厳しいだろう。Tシャツとビーチサンダルがふさわしい。

十二月中旬。もうすぐクリスマスを迎えるシドニーは、今日も厳しい日差しに照り付けられていた。

目の前に広がるボンダイビーチでは、老若男女が夏を思い切り楽しんでいた。

私——日向芽里《ひなためり》は、ワーキングホリデーを利用してここシドニーにやってきている。

広場で場所を確保した私は、首にまとわりつく長い黒髪を束ねて、相棒のバイオリンを構えた。

大きく息を吸い、誰もが知っている曲を奏で始めると、最初はベンチに座っていたカップルが近くにやってきて演奏に耳を傾けてくれた。

そこから通りを行きかう数人が、足を止めてこちらに注目し始めた。

音が青空に吸い込まれていく。どこまでも伸びやかに広がる旋律の中心にいる私は演奏に没頭《ぼっとう》する。

これだから、外での演奏は楽しいのだ。

遮るもののない空間で、私の音はどこまで届くのだろうか。ひとつひとつの音が風に乗って遠くまで行けばいい。

一曲が終われば、周囲から拍手があがる。私は少し汗ばんだ額を拭ってギャラリーからの演奏のリクエストに応える。

《何か日本の曲が聴きたい》

声のした方に視線を向けると、人垣の間からひとりの男性の顔が見えた。

《君、日本人だろ？　俺もなんだ。懐《なつ》かしい故郷の曲が聴きたいんだ》

体格のいいオーストラリアの人たちの中に混じっても目立つほど高い身長。

体型は日本人離れしているが、黒髪に黒い瞳、身のこなしや雰囲気から、わざわざ名乗らなくても〝日本人〟だとすぐわかる。

《OK》

私は軽く返事をすると、世界的に有名な日本のアニメの曲を演奏し始めた。最初のワンフレーズで驚いた顔をした彼だったが、すぐに破顔《はがん》して楽しそうに演奏に耳を傾けている。

現地でも有名な曲なので、周囲の人々からも歓声があがった。

一曲目のクラシックには興味を見せなかった子どもたちも笑顔になり、体を揺らして喜んでいる。

その場にいる人たちが年齢も性別も関係なく楽しんでいる姿に、私も気持ちが高ぶる。周囲を巻き込みながら奏でる音楽は、この場でしか得られない貴重なものだ。

最初にリクエストをくれた男性も、楽しんでくれているようでほっとする。

続いて有名なアニメや映画の曲をメドレーにして演奏していく。観客からの手拍子に乗せられるように、何曲か披露《ひろう》した。

《子どもだましの曲ばかりだな、下手くそ》

突然響いた観客からの声に、思わず私は手を止めてしまった。声の方を見てみると、中年のでっぷりとした金髪の男性が見下すような視線をこちらに向けていた。

周囲の人にももちろん聞こえていて、ブーイングが起きた。

しかし男性は酔っているのか、攻撃的な態度を改めることはなかった。

《下手に下手って言って何が悪い》

無視して演奏を続けることもできた。しかし、叫び続けるよく通る声は私の演奏を楽しんでいる人たちの邪魔になっていた。

こういうときは、言い返すよりもいい方法がある。

私は向きを変えて、まだ騒いでいる男性の方へ体を向けた。

ちらっと彼の方を見てからバイオリンを構え直す。

目をつむり息を大きく吸って、バイオリンに集中する。周囲の音が聞こえなくなり自分の世界に入った。

ゆっくりと目を開きながら、演奏を始める。

最初の音が高らかに鳴り響いた。と同時に私の指とバイオリンの弓が躍り出し、弓は鋭く短いスタッカートを連続で鳴らした。

私は超絶技巧を繰り返し、音の洪水の中で人を魅了する。

選んだ曲は民謡の『津軽じょんがら節』。本来三味線の曲だが、バイオリンとは相性がいい。母が好きなので、私はよく演奏していた。だから得意なのだ。

そのうえ、海外の人にはあまり聴き慣れない音色で、余計に興味をそそられるようだ。

ちらっと先ほどの金髪の男性を見ると、口をぽかんと開けて驚いているようだった。

私はちょっと得意げな気持ちになって、演奏に没頭する。

難しい曲を弾きこなすのが、素晴らしい演奏者というわけではない。しかし、超絶技巧の披露もバイオリンの魅力を伝えるひとつの手段ではある。

特にこういうふうに、ちょっと見下されたときにはぴったりだ。

こんなことに演奏を利用するなんて、バイオリンの神様が怒ってしまうかもしれない。

心の中で「ごめんなさい」とつぶやいた後、私は演奏を続けた。

次はなだらかに、その次は跳ねるように。心と体を使って音を奏でているうちにとても気持ちよくなった私は、笑みを浮かべてその曲を弾ききった。

それまで静かだった空間に、拍手と賞賛の声がこだまする。周囲を見渡すとみんなが拍手をしながら笑顔を浮かべていた。

先ほどの金髪の男性が苦笑いを浮かべて、人垣をかき分け私の前までやってきた。

そしてバイオリンケースに、謝罪の言葉と同時に十ドル紙幣をポンと放り込んだ。

《下手なんて言って悪かったな》

《もういいわ。久しぶりに本気になっちゃった、私も大人げなかったし》

金髪の男性は私の言葉を聞くと、ウィンクをして手を振りながらその場を去っていった。彼の行動に続いて、聴衆が次々にバイオリンケースにコインや紙幣を放り込んでいく。

私はオーストラリアの民謡を奏でつつ、お礼を告げる。

あぁ、なんて気持ちのいい日なんだろう。

青い空、どこまでも続く広い海、頬に感じる潮風。

大好きなバイオリンと、それを楽しんでくれる人たち。

私は自由だ。すごく、すごく自由だ。

周囲に人がいなくなって、私はその場にかがんでバイオリンケースに投げ込まれたお金を集めボディバッグに無造作《むぞうさ》に放り込む。

せっかくだからビールでも飲んで帰ろう。

今日はとても気分がいい。たくさんの人の笑顔が見られた。私の音楽はこれでいい。

かがんだまま機嫌よく片付けをすませていると、地面に影ができて顔をあげた。

「あ、あなた」

そこには最初に『日本の曲が聴きたい』とリクエストした男性が立っていた。

彼の手にはフルーツジュースのカップがあった。

「これ、よかったらどうぞ。そこで買ってきたんだ」

そう言って彼が視線を向けた先には露店がたくさん並び、ちょっとしたマーケットのようになっていた。

ここボンダイビーチでは休日になるとたくさんの人出があり、多くの人が露店にやって来る。私もそれを利用して、趣味とお小遣《こづか》い稼ぎを兼ねてここでバイオリンを演奏していた。

「ありがとう」

久しぶりに話す日本語を新鮮に思いながら、私はカップを受け取った。

彼も同じものを手に持っていて、自然とふたりで近くにあるベンチに座って飲み始める。

「ごめん、急に話しかけて、嫌じゃなかったかな」

彼は苦笑いを浮かべながら私に尋ねた。

「全然！　嫌なら一緒にジュース飲んでないですし。それに海外で日本人に会ったら話しかけたくなるのもなんとなくわかるので」

同胞《どうほう》のよしみのようなものなのか、シドニーにいると日本人によく声をかけられる。

なんとなく懐かしい気持ちになるのだろうか。

「それならよかった。俺は蕗谷律基《ふきたにりつき》、今年で三十五。君は？」

「私は、芽里。二十七歳」

ストローを咥《くわ》えながら、ちらっと隣にいる男性に視線を向ける。

先ほども思ったけれど、日本人には珍しいくらいの長身だ。おそらく百八十センチは越えているだろう。さらりと風になびく黒髪、きりっとした眉《まゆ》に意志の強そうな澄んだ瞳。上品な鼻梁《びりょう》に形のよい唇。点数をつけるなら百点満点の男性だ。

「芽里って呼んでも?」

「うん、じゃあ私は……ん〜、リッキーなんてどう?」

彼は困ったように目尻を下げて笑う。

「それはちょっと。さすがに、リッキーって顔じゃないし」

眉尻を下げて困ったような顔をして、私の提案したニックネームを拒否する。

「そう? いいと思ったんだけどな」

「普通に律基でいいよ」

「わかった、律基ね」

お互い笑い合う。

「芽里はどうしてシドニーに?」

律基はよくある質問を私に投げかけた。

「自分を取り戻すの」

「え？」

私の答えが予想していなかったものだったらしく、律基はぽかんと私を見つめている。その顔がおかしくて思わず笑ってしまった。

「笑ってごめんなさい。イケメンでもそんな顔するんだって思って、おかしくて」

一度笑い出すと、我慢ができない。彼は最初こそ不満そうな顔をしていたが、すぐに私と一緒に笑い始めた。

「イケメンって言われて、笑われたの初めてだな」

「ごめんね。でも褒《ほ》めてはいるのよ。私、日本人だけど、日本語苦手だから」

「国語は不得意だったってこと？」

普通の人はそうとらえるだろう。

「国語っていうか……私性格が大ざっぱだから言葉の機微みたいなものを表現するのが苦手なの」

肩をすくめてみせると、律基は納得したようだった。

「そういうことか、なるほどな。たしかにそういうところ難しいよな、日本語」

話を合わせてくれる律基は、日本人らしい心遣いを持ち合わせている。私が気まずい思いをしなくてすむようにしてくれているのがわかった。

「ねぇ。これから時間ある？」

「あぁ、今日はオフだから」

律基の返事を聞いて、私は立ちあがり束ねていた髪をほどく。

「さっき笑ったお詫びに、一杯おごらせて」

私は彼の手を引いて立ちあがらせると、ビーチの方へ向かって歩き出した。

「いや、行くのはいいけどおごってもらうのは――」

「いいの、いいの。さっきたくさん稼いで、軍資金いっぱいあるから」

私がボディバックをぽんぽんと叩いてみせる。

「宵越《よいご》しの金は持たないの」

「ずいぶん、粋《いき》な日本語を知ってるじゃないか」

からかうように目を細めて視線を投げてきた律基の顔が、すぐに我慢できないといったように破顔した。

「じゃあ、お言葉に甘えようかな。俺、芽里ともう少し一緒に過ごしたい」

「じゃあ、決まりね。行こう！」

私は彼の手を引いて歩き出した。目的地が決まったら、思わず早足になってしまった。

「そんなに急がないといけないほどの人気店なのか？」

「ううん、でもビールのこと考えたせいで早く飲みたくなっちゃったの」

「単純だな。わかった、急ごう」

律基は声を出して笑いつつも、私に合わせて足を速めてくれた。早足で人混みをかき分けながら、日の落ちかけたビーチの遊歩道を歩く。

「ねぇ、見て」

急いでいたはずなのに、足を止めずにはいられなかった。街や海がオレンジ色に染まっている。シドニーに来て、何度も目にしている光景だったが、やっぱりこの美しさには何度だって目を奪われる。

「綺麗《きれい》だよな」

急に立ち止まった私を非難することなく、律基は一緒にこの光景を楽しんでくれた。

日が落ちてだんだんと陰っていくが、日中かなり暑かったこともあってビーチにはまだ人がたくさんいた。大型犬が二匹、波打ち際で戯《たわむ》れている。

「何度見ても、素敵だって思う。ねぇ、そう思わない？」

景色から律基に視線を向けると、彼と目が合った。

どうやら彼はじっと私の方を見ていたようだ。

「素敵だと思うよ、本当に」

私が彼の方を見ても、彼は視線を逸《そ》らすことなく私を見つめていた。お互いがオレンジ色に染まっている。

彼の大きな手が目の前に伸びてきた。驚いた私は思わずぎゅっと目を閉じる。

「髪、食べてる」

彼が私の頬にかかる髪を優しく払う。

「あ、ありがとう」

それまで自分から手を引いて歩いていたにもかかわらず、距離の近さに胸がドキッとした。

夕日の中だから、余計にロマンチックに感じてしまったのかもしれない。

なんだか急に恥ずかしくなって、私はまた歩き出した。

「喉《のど》渇いていたの、思い出しちゃった。急ごう」

歩き出した私の背中に、律基が噴き出した声が聞こえた。

「そんなに喉が渇いているなら、急がないとミイラになるな」

背後に彼の軽口を聞きながら、私は目的地である店を目指した。

《ジョーイ、ビールふたつちょうだい》

店に入るなり、私はカウンターに向かってビールを注文した。

週末の店内は人がいっぱいで、大きな声で言わないとカウンターの中には声が届かない。

《やぁ、メリー。すぐにいつもの持っていくから、あっちで待ってな》

カウンターの中から声が返ってきた後、私は壁際のテーブルに律基の手を引いて向かう。小さな壁際のカウンターテーブルにふたり並んで座る。

店内は音楽とお客さんの話し声で騒がしい。隣にいても顔を近づけないと、声が聞きとりづらい。

「ここはよく来るの？　知り合いみたいだったけど」

「私、この店でバイトしているの。ここが本業で、バイオリンは休みの日に時々、ね。あ、ビールにしたけど、他の飲み物の方がよかった？」

今さらな質問を投げかける。

「いや、すごく喉が渇いてるから俺もビールの気分だよ」

「そうだと思った！」

私が言うと、彼が「都合がいいな」と声をあげて笑う。

そんなふたりの間を割るようにして、ジョーイがビールと店の名物のフィッシュ&チップスを運んできた。
《お待たせ～メリー、今日はいい男を連れてるじゃないか！》
《でしょ？》
《君、メリーと飲めるなんてうらやましいな》
ジョーイは律基の背中を豪快に叩いている。
《俺もそう思います》
《だろう、だろう。ゆっくりしていってくれ》
ジョーイは私の方を見てウィンクをして去っていった。
「じゃあ、さっそく」
私が瓶を手に持つと、律基も同じようにした。カチンとふたりで瓶を合わせて乾杯する。
ごくごくとビールを呷りながら、隣をちらっと見る。
すると律基も喉が渇いていたのか、同じくいい飲みっぷりを披露していた。
「はぁ、うまい」
「生き返るね！」

お互い笑顔でうなずき合う。

「この店は長いの？」

「うん、だいたい半年になるかな。ここの人たちにはすごくお世話になってるの」

ちらっとカウンターの方に視線を向けると、ジョーイがこちらに向かって手を振っている。

「働いているってことは、ワーキングホリデー？」

「そう、ワーホリ。シドニーってすごくいいところだよね。律基はずっとシドニー？」

私は一年間のワーキングホリデー制度を利用して、ここシドニーで生活している。

これまで出会った人たちがこの地にいる理由は様々だ。留学や、仕事、永住している人もいる。

「俺は、仕事でこっちにいる。基本的に上にあっちに行けって言われたら行って、次はこっちって言われたらそこに行くって感じかな」

そんな言い方だったけれど、まんざら嫌でもなさそうな顔をしている。

「え～楽しそう。いろんな国で仕事するんだね」

「まぁ、そうだな。ところで芽里の英語は綺麗だよね」

きっとオーストラリア訛《なま》りがないという意味だろう。オーストラリアの英語はイギリス英語やアメリカ英語と比較すると発音が特徴的なものが多い。

「小さい頃から両親の仕事の関係で世界中のあちこちで住んでいたから、そのおかげかも。他の語学は〝ありがとう〟と〝ごめんなさい〟しか言えないけど。なんとか英語だけは身に付けたって感じかな」

私は高校に入学するまで、地質学者の父、書道家の母と一緒に、父の仕事がある場所に家族で移り住むことを繰り返していた。

楽観的なふたりに育てられたおかげで、どこに行ってもそれなりに楽しく過ごしていた記憶がある。

「なるほど、だから海外慣れして見えたんだな」

「そうかな？　まぁでも、物怖《ものお》じはしないかも。海外だと黙ってると誰も自分に気づかないこともあるし。それに若く見られるせいか、適当に扱われることも多いから」

すでに成人して何年も経っているのに、ティーンエイジャー扱いされたことだって一度や二度じゃない。

「わかるな。まぁ、俺は男だしそこまで苦労はしなかったけど、子どものときはそうだったかも」

「律基はどんな海外生活を送っていたの？」

彼がどんなふうに過ごしていたのか気になり尋ねる。

「俺の場合は親父が商社に勤めていたから、家族で赴任《ふにん》するって感じだな。数年後には帰国が決まっていたから現地では日本人学校に通っていたんだ」

親の仕事で海外生活する場合、子どもは日本人学校に通うか現地の学校に通うかに分かれる。帰国が決まっているなら、帰国後日本での勉強についていけるように日本人学校に通わせる家庭も多い。

私はその国々で、日本人学校だったり現地の公立学校だったりとまちまちだった。子どもだったから、特に気に留めていなかったけれど。

「帰国後はそこまで英語を使わないから、仕事で英語を使うようになって結構苦労したかも。案外ドイツ語とかフランス語とかの方が覚えてる」

「そういうものなの？」

それから私と律基はお互いの小さな頃の海外生活について色々《いろいろ》と話を続けた。

私はジョーイが差し入れしてくれたフィッシュ&チップスを手にとって口に運ぶ。

「おいしい。ねぇ、律基も食べてみて」

私はひとつを手にとって、彼の口もとに持っていく。素直に開いた彼の口に放り込んだ。

「ん、うまいな」

「でしょ？　もっと食べて。ねぇ、他にも何か食べる？　もう少し寒い時期だったら牡蠣《かき》がすごくおいしいんだけど、今おいしいのはね～」

メニューを手にしていると、律基がじっとこちらを見ているのに気がついた。

「何、どうかしたの？」

さっきから何度もこんなことがあった。そういう癖《くせ》でもあるのだろうか？

「いや、楽しそうだなって思って見てた」

そう言った彼の目が、すごく優しくて戸惑《とまど》ってしまった。

「急にどうしたの？　律基は楽しくない？」

「いいや、騒がしくて元気いっぱいの芽里といるのはすごく楽しいよ」

「それって、褒めてる？」

私は人差し指を使って、律基の二の腕をツンツンとつついた。

「もちろんだ、誰かと一緒に過ごしてこんなにわくわくするのは久しぶりだ」

「そう？　だったら、もう一度乾杯しよう！　ジョーイ」

私は大きく手をあげてジョーイを呼んだ。

「なぁ、俺の返事は待たないのか？」

「だって、聞かなくたってわかるわ。もっと飲みたいって顔に書いてあるもの」

「芽里はなんでもお見通しなんだな」

「そう、すごいでしょ」

おどけてみせた私に呆《あき》れたような顔をする律基。お互いに数秒無言で見つめ合った後、どちらからともなく噴き出した。

お酒が入っているせいか、相手が律基だからなのか。わからないけれど心の底から楽しいと思えた。注文したビールを飲み、頼んだ食事をシェアする。お互いに話したいことを話して笑い合った。

話が途切れたときに、ふとどこからか男女の会話が耳に届いてそちらを見た。

どうやら男性が女性を口説いているようだ。

男性は必死になってあれこれ言っているが、女性の方は嫌がっているように見える。

けれど上手《じょうず》に断れずにあいまいに笑っていた。

それだけなら気にはしても、首を突っ込むことはなかった。

だが男性の方が女性に向かって、言ったひと言が許せなかった。

《君の仕事がなくなってもいいのかい?》

男性の言葉に、女性は不安そうに涙を浮かべている。その彼女の肩を男性が抱き寄せた。女性の方が我慢しているのが表情からありありと伝わってきた。

私の脳内に嫌な記憶が浮かんでくる。それを振り払うようにしてつかつかと彼らのもとに向かう。

「芽里？」

突然席を離れた私に律基は驚いたようだが、私はそのままその男女のもとに行く。

《そこまでにして。彼女嫌がっているわ》

いきなり現れた私に、ふたりは驚いた様子でこちらを見た。

《誰だ、君は？　関係ないやつが首を突っ込むな》

男性の言い分はもっともだが、かといって引き下がれない。女性が嫌がっているのだから。

《誰でもかまわないでしょう。あなたが今やっていることはハラスメントです。仕事をたてに女性をどうにかしようなんて卑怯《ひきょう》よ》

私は女性の隣に立って目の前の男性を睨《にら》んだ。

男性は私の態度に怒り、その場に立ちあがる。

背が高く体格のいい男性に睨み返されたが、私はひるまない。

すると背後から私の背中にわずかに震える手が触れた。そこで確信したのだ。彼女がおびえていることを。
《ただ口説いていただけだ、男女のことに口を出すな》
男が私の方に手を伸ばした。私はとっさに、衝撃に備えて体に力を入れた。
しかし、
《女性に手をあげるとは感心しないな》
私の前に立ちはだかった律基のおかげで、私は痛い思いをしなくてすんだ。彼は、私に伸ばされた男性の腕を掴《つか》んでいる。
《放せ、いったいお前たちはなんなんだ》
力いっぱい抵抗している男性の手を律基がパッと離した。すると勢い余った男性がそのまま派手な音をたてて後ろに倒れた。
《あ、悪い。言われた通りにしただけなんだが》
周囲から笑い声が漏れ聞こえる。
情けなく床に転がっていた男性は、恥ずかしくて我慢できなくなったのか、その場に立ちあがると何か叫びながら出ていってしまう。
《なんだ、もう終わりか》
律基がくるっと私の方を振り向いた。

《ふたりとも、大丈夫？》
私の後ろにいた女性も彼の言葉にうなずいた。
《あの、助けてくださってありがとうございます》
女性が私と律基に向かって笑みを浮かべた。
《余計なことかと思ったんだけど、どうしても放っておけなくて》
《いいえ。本当に助かりました。一緒に乾杯してもらっても？》
《もちろん！》
彼女の明るい顔に、私の行動は間違っていなかったのだとほっとした。
ぐいっと残りのビールを飲んだ彼女が、笑いながら店を出ていって、律基とふたりになった。
「律基、ありがとう」
「え、あぁ。まぁ、いきなり何し始めるのかと思ったけど」
今思えば後先考えずに突進した自覚はある。相手の男性が逆上して暴れていたかもしれない。そう思うと律基が対処してくれて助かった。
「つい、夢中で。もしかしたら彼女も誰かに助けてほしいんじゃないかって思って」
「彼女〝も〟？」

私の言葉を疑問に思ったのか、彼が首を傾げた。

「なんでもないの、気にしないで。さぁ、もっと飲もう。私今日たくさんチップもらったから、ぜーんぶおごってあげるからね」

バンッと彼の背中を叩いて、自分たちの席に戻る。

「芽里のおごりなら、浴びるほど飲むか！」

ノリのいい律基は、追加注文のためにカウンターに向かって大きく手を振った。


たくさん笑って、たくさん飲んだ。

結局支払いは気がつけば律基がしていて、私のボディバッグの中にはまだチップでもらった紙幣やコインがじゃらじゃらしている。

酔い覚ましを兼ねて浜辺を、潮風を受けながら律基と歩く。

ふたりでいる間は、常に何かしらの会話をしているほど、私たちは馬が合った。

「律基は、今の自分が好き？」

「どうだろうな。好きとか嫌いとか考えたことがないかも。面白味のない人間だから、俺は」

私から見たら十分魅力的なのに。

「そんなことないよ、笑った顔なんてすごくチャーミングだし」

「チャーミング？　初めて言われた」

けらけらと笑いながら歩く。砂浜で足を止めた律基が、先を歩く私の手を後ろから握った。その勢いで私は振り向いて彼を見た。

「俺、自分のことは好きかどうかなんてわからないけど、芽里のことは好きだよ」

「え？」

「すごく、君が好きだ」

彼が一歩間合いをつめた。

真剣なまなざしにキスの予感がした。私はそれに胸を高鳴らせる。拒む理由なんてひとつもなかった。

自分からさらに一歩、彼に近づいた。

彼は私の腰に手を回してぐいっと引き寄せると、ふたりの距離をゼロにした。

柔らかい唇が触れた。すぐに離れてお互い見つめ合う。

ドキドキして照れくさくて、でもうれしくて。思わず顔をほころばせると、彼も同じような笑みを浮かべた。

なんだか彼をじっと見ていられなくて、目を伏せた。

しかし彼はそれが気に入らなかったのか、私の顎《あご》に手をあてて上を向かせた。

「目、逸らさないで」

じっと見つめられて、体温があがる。自分の胸の音がうるさい。

こんな気持ちになったのって、いつぶりだろうか。

これまで恋人がいなかったわけじゃない。でもこんな衝動的に誰かに惹《ひ》かれたのは初めてかもしれない。

彼のこと名前と年齢しか知らない。それすら本当かどうかわからない。それでも彼に惹かれる気持ちは間違いなく本物だ。

無言で見つめ合っていると、もう一度唇が重なった。

今度は熱く深いキス。食《は》むように唇を奪われ下唇を軽く吸われると体が震えた。

体の火照《ほて》りとしびれ、それから息苦しさを感じ、唇を薄く開く。

空気を求めて開いた唇なのに、入ってきたのは彼の熱い舌だった。

巧みなキスに翻弄され、あえぐように息をすることしかできない。気がつけば私は彼の背に手を回して、必死になってその大きな背中を抱きしめていた。

「……っん、はぁ」

唇が離れた瞬間、声にならない声が出た。彼に視線を向けると獰猛《どうもう》さすら感じる情熱に満ちた瞳に見つめられた。

真面目《まじめ》で品行方正《ひんこうほうせい》という雰囲気だった律基から感じるオスの雰囲気に、体の芯が熱く震えるようだ。

「そんなかわいい声を聞いたら、我慢できなくなる」

やけどしそうな吐息交じりの声を聞いた私は、彼の胸に頬をつけた。彼は迷うことなく私を抱きしめる。

「我慢しなくていいよ」

私の言葉を聞いて、抱きしめる彼の腕の力が強くなり、彼の胸の鼓動が早くなった。

私は彼の変化がうれしくて煽る。

「我慢なんか、してほしくない」

言い終わるやいなや、彼が私の手を引いて歩き出した。

慌《あわ》ててついていこうとして、砂に足を取られて転びそうになったのを彼が支えた。

「ごめん、焦ってる」

速度はゆっくりになったけれど、繋いだ手には力が入ったままだ。そこから伝わる熱にドキドキする。

「さっきまでは、私が手を引いていたのに」

ドキドキをごまかすために、ちょっと軽口をたたく。

「こういうときは、リードさせて。芽里に翻弄されるばかりじゃ情けない」

「翻弄？　私が？」

「あぁ、俺は出会ってからずっと君に、翻弄されているよ」

彼がわずかに後ろを振り返る。

「この歳《とし》になって、こんなこと言うのも恥ずかしいけど。でもこんなに〝欲しい〟っていう感情が湧き起こるなんて自分でも驚いている」

彼の言葉は私の心を震わせた。

今、ここにいる私。何者でもないただの〝私〟が欲しいと言ってくれている。

彼の目の前にいるありのままの私。

お互いに本能的に惹かれ合っている。

その事実が私の気持ちを高ぶらせた。

「律基、私もあなたが欲しい」

私が後ろから声をかけると、それまで私を気遣《きづか》いながらも早足で歩いていた彼の足がピタッと止まった。

「律基？」

不思議に思って、彼の前に回って彼の表情を確認しようとした。

しかしその場で彼に抱きしめられて、できなかった。

「そんなこと言われたら、今日は帰してやれない」

声色から余裕のなさが伝わってきて、それがうれしい。

「帰るつもりなんてないから」

私が彼の腕の中で顔をあげる。すると彼は私の額に唇を落とした。

「まずいな、このままじゃまずい」

「何がまずいの？」

切羽詰《せっぱつ》まった言い方が、逆におかしくて笑ってしまう。

「色々、まずいんだ。だから芽里、俺がこれ以上おかしなことをする前に君を抱きたい」

ストレートに乞われた私が「いいよ」と小さな声で言うと、彼は私の手を今までよりもいっそう強く握って歩き出した。

彼に連れてこられたのは、十分ほど歩いたところにあるマンションだった。

「ここは？」

「知り合ったばかりの私に教えて大丈夫なの？」

「俺の家」

ふとした疑問をぶつける。

「さぁ、どうだろうな。でも今はそんなのかまってられない程、芽里のことしか考えられない」

彼の言葉のひとつひとつから、自分への思いが伝わってくる。

それがたとえ一時の情熱に任せたものであったとしても、今の私には彼の熱が必要だった。

エレベーターから降りて、一番近くの扉を彼が開いた。そのまま手を引かれ、素直に従う。

すぐに明かりがついた。しかし中を確認する暇もなく私は彼に唇を奪われた。

「んっ……」

あまりにも突然だったけれど、嫌じゃない。

私もキスに応えるべく彼の首に腕を回して差し出された舌に自分の舌を絡める。

とんっと背中が壁についた。

私を閉じ込めた彼はキスをやめてじっと見つめてくる。

「かわいい」

「ど、どうしたの。いきなり」

「いきなりじゃない。ずっと思ってた」

彼が私の首筋に顔をうずめる。

「バイオリンを楽しそうに弾いているときも、ビールをおいしそうに飲んでいるときも、大きな口を開けて笑っているときも。俺のキスでとろけてる顔を見せる時も。全部かわいいって思ってた」

シャイな人が多い日本人男性にしては珍しいほどストレートな言葉。それが私の胸をますます高ぶらせた。

私も彼の言葉に応えたい。けれど自分の今の気持ちをどう言葉にしていいのかわからない。その代わりに彼の頬に手を添え、自ら口づける。

一瞬のことだったが、彼が驚いたような顔をした後、怖いくらい真剣な表情になった。

「律基?」

何かいけなかった?

焦った私だったが、その場で彼に抱き上げられた。

「優しくするつもりだったけど、無理かもしれない」

彼は私を抱きかかえたまま、どんどん部屋の中に入っていく。そしてベッドにゆっくりと私を下ろした。

優しくできないなんて言っていたのに、丁寧に扱ってくれている。そんな態度からも彼がどういう人なのか想像できた。

彼は私のスニーカーを奪うように脱がせてベッドに寝かせる。

ベッドのスプリングを感じたと同時に、首もとに噛みつくみたいなキスをされた。

「んっ……律基」

私は彼の背中に腕を回しぎゅっと抱きしめた。互いの体温を感じる。

「芽里は柔らかいな」

「律基は、あったかい」

お互いの感想に笑い合った。

「もっと芽里を知りたい。今、目の前にいる君が欲しい」

「ん、全部見て」

私は彼の下から抜け出ると、シャツのボタンをひとつずつ外す。律基はじっとそれを見ていた。その視線に体が熱くなる。

自分から脱ぎ始めたにもかかわらず、羞恥心《しゅうちしん》に体が火照るのを感じた。

「綺麗だな」

「あまり見ないで。恥ずかしいから」

「さっき『見て』って言ったのは芽里だよ」

たしかにそうだけど、そんなにじっと見つめられるとは思わなかった。

「律基も脱いで」

自分の羞恥心をごまかそうとしたけれど、それが間違いだった。

私の言葉に従った形で、律基が着ていたシャツを脱ぐ。いきなり現れた男らしい胸板や腹筋に目を奪われた。

その後すぐに恥ずかしくなって顔をそむけ、自分の下着に手をかける。

「待って、そこからは俺が」

彼の顔を見て、私はうなずいた。さっきみたいにじっと見られるよりは、ましだと思ったからだ。

すぐに脱がされると思っていたのに、肩口にキスをされてビクッと体が反応した。

「体も素直なんだな」

彼は笑い交じりにそう言う。

「ずいぶん楽しそうだね」

「あぁ、楽しいよ。芽里を脱がすのは。クリスマスとか誕生日のプレゼントのラッピングを開けているときみたいだ」

独特のたとえだけど、妙に納得できた。

「中身が期待したものじゃなかったら、ごめんね」

「ん、じゃあ。確認させて」

ゆっくりと肩紐が落とされると同時にホックが外された。いよいよ彼にすべてをさらけ出すと思うと、緊張で体が硬くなった。

「明かり、消して」

今さらながらお願いする。

「ダメだ。芽里の全部、見せてくれるんだろう。な？」

耳元で甘く囁かれて、鳥肌が立つほど体がぞくぞくした。私は結局素直にうなずくしかできない。

「かわいい、芽里」

ゆっくりとベッドに寝かされて、彼ともう一度見つめ合う。ゆっくりと彼の顔が近づいてきて、私は目を閉じ、彼にすべてをゆだねた。

ふたりの吐息交じりの熱い声が、室内に響く。名前を呼び求め合う。彼のこと以外何も考えず、温もりと甘い言葉に溺れた。

優しくてあたたかい、そして刺激的な夜だった。


翌朝。

サンシェードの隙間《すきま》から差し込む光で、目が覚めた。

目の前には律基の安らかな寝顔がある。あまりに近かったので、距離をとろうと思ったけれど、しっかりと足が絡まっていて身動きがとれそうにない。

こんなに気持ちよさそうに眠っている彼を起こすのはしのびなくて、それを言い訳に私は彼の美しい寝顔をしばしの間鑑賞《かんしょう》する。

サラサラの黒髪、整った眉。うらやましいくらいの長いまつげ。今は閉じられているが、意志の強そうな凛々《りり》しい目。高い鼻に、上品な唇。派手さはないが、凛々しく高潔《こうけつ》さを感じさせる。

それなのに、あんなに情熱的だなんて……反則よ。

昨夜、彼の穏やかな瞳が燃えるような捕食者の目になったのを思い出して、どきんと心臓が音をたてた。まさにあの変わり身は心臓に悪い。

だけどそのギャップがすごくよかったのもまた事実だ。

じっと観察を続けていると、彼の手が伸びてきて私を引き寄せた。

起きたのかな？

彼の様子を窺《うかが》うが、どうやらまだ眠っていて無意識の行動だったようだ。ほっとしたのは、まだこの腕の重みやあたたかみ、匂いを感じていたいと思っていたからだろうか。

だって、すごく安心する。律基とは昨日、偶然出会っただけ。それなのに、今彼の腕に抱かれていることに違和感がなくて不思議だ。

人を好きになるのに、時間なんて関係ないのだと実感した。

好き、なんだ。律基のことが。

素直にそう思えた。彼が何をしているとか、どんな人生を歩んできたのかだとか、そういうこと抜きに、ただ彼が好きだと思えた。

不思議だな……。長い時間一緒にいてもわかり合えない人もいるのに、こんなふうに少し一緒に過ごしただけで好きになる人もいる。

「ふふっ」

朝から変に悟りを開いたのがおかしくて、思わず声を出して笑ってしまった。

「んっ……」

律基がゆっくりと瞼《まぶた》を開いた。

「ごめんね。起こしちゃった？」

彼はまだ眠そうに顔をしかめている。

「謝らなくていい、かわいい笑い声の目覚ましなら大歓迎だ」

彼はそんな冗談めいたことを言いながら、私に回した手に力を入れて抱きしめ、髪に顔をうずめる。

「くすぐったいよ」

「いいだろ、芽里の匂い好きなんだ」

さっきまで同じことを考えていたなと思い笑ってしまう。

「何、笑ってるんだ？」

私の態度が気に入らなかったのか、彼は私の顔を覗き込み目を細めた。

「別に」

「別にってことはないだろ、言わないとお仕置きだ」

彼はそう言うや否や、私の体をくすぐる。

私は我慢できずに、身をよじり声をあげて笑った。

「やめて、やだ！　あはは」

「じゃあ、何考えていたか言って」

「言う、言うからストップ！」

やっと律基が手を止めた。

「もう、子どもみたいなんだから」

文句を言うも、彼は気にする様子もなく楽しそうだ。

「私も、律基の匂いが好きだって思っていたの。一緒だね」

そう伝えると、うれしそうに笑った彼が私を引き寄せて抱きしめた。足を絡めてぎゅっと体を密着させる。

「一緒だな、俺たち」

「うん」

穏やかな声で言われてうなずいた。

それからふたりでしばらく、そのまま体をくっつけてじゃれ合っていた。

のそのそとベッドを抜け出した私たちは、順番にシャワーを終えシリアルとフルーツでブランチをすませた。

「芽里、俺はこれからちょっと出かけなくちゃならないんだが」

彼がソファの背もたれに寄りかかりながら言った。

「そう、じゃあ私は帰るね」

髪を手櫛《てぐし》で撫でつけながら、高い位置でポニーテールを作る。

私の言葉に彼は少し迷った表情を見せた後、ひとつ提案をもちかけてきた。

「ここで俺の帰りを待っているっていう選択肢はないかな？」

律基の言葉に私はすぐに首を振った。

「これでも私、忙しいの」

冗談めかして言ったけれど、彼は笑わなかった。

「今度はいつ会える？　連絡先交換しよう」

彼はスマートフォンを手にして、私の方を見た。

「しない」

「え……それは、どうして？」

最初戸惑った表情を見せたものの、すぐに冷静になって聞いてくる。

それは私を責めるような雰囲気では少しもなくて、純粋に「なぜ」という気持ちだということがわかる。

「私たち、もう会わない方がいいと思うの」

「どうして、芽里は俺と一緒にいて楽しくなかった？」

「いいえ、とっても楽しかったわ」

「じゃあなぜ」

感情を抑えた声だった。彼がそう言うのも無理もないだろう。

私だって楽しかったし、彼のことは決して嫌いではない。今まで出会ったどんな男性より好意を持っている。

だからこそ、今、素敵な記憶のまま終わった方がいいと思うのだ。

「律基との時間は楽しくてあっという間だった。本当に奇跡みたいな出会いだと思う」

「その奇跡を大切にするべきだ」

彼の言うことも理解できる。しかし私はかたくなに拒否の意志を示す。

「いいえ、きっと昨日一日、非現実的な時間だったから楽しかったの。だからいい思い出として時々思い返すくらいがちょうどいいのよ」

私の意見に彼は納得できないようだ。必死に私の気持ちを探ろうとする。

「芽里は、また俺に会いたいとは思わないのか？」

「思うわよ。でも次に会った後、お互いにがっかりするかもしれない」

日常に戻れば、今の夢のような気持ちはなくなるだろう。

「でもそうじゃないかもしれないだろ？」

彼もまた自分の主張を曲げるつもりはないようだ。

「そうね、たしかに言う通りだわ。じゃあ、もう一度奇跡に賭けない？」

律基は私の言葉を聞き、眉間《みけん》に皺《しわ》を寄せた。説明しろと言われているのが伝わる。

「私たちの出会いが奇跡だっていうなら、もう一度出会えるはずよ」

彼はため息をついて前髪をかき上げた。

「芽里……君は――」

「無理なら、それまでってこと。ねぇ、最高に私らしい提案じゃない？」

にっこりと笑ってみせると、律基は呆れたのか大きなため息をついた。

「わかったよ。芽里がそうしたいならそうしよう」

最後に彼が折れてくれた。やっぱり彼は優しい。

「よかった」

「ただし――俺は、あきらめたわけじゃないからな」

恐ろしいくらい真剣な律基の目に、捕らわれた私はじっと彼を見つめ返した。

「絶対にあきらめない、だから覚悟をしておけよ」

言い切らないタイミングで、彼が正面に立つ私の手を引いた。そしてよろけた私を受け止めながら、頬にキスを落とした。

「これは約束のキス。次見つけたら、絶対に逃がさないからな」

明るく冗談めかして言っているが、彼が心からそう思っているのが伝わってきた。

その表情に離れがたくなってしまったが、自分から言い出したことを反故《ほご》にするわけにはいかない。どんなに彼が魅力的でも、だ。

「わかった、楽しみにしてる」

私は彼の顔を両手で包むと、その形のいい唇にキスをした。

彼が私の腰に回した手に力を込める。シャツ越しに感じる体温。

離れがたいと思うけれど、けじめはつけないといけない。

そっと彼の胸に手を置いて距離をとる。

思いのほかすぐに手を緩めてくれたのは、彼の優しさだろう。

「じゃあ、行くね」

「送らなくていいのか？」

「平気。ずるずる一緒にいるのはよくないわ」

それは彼にではなく自分に言い聞かせた言葉だった。

ソファに置いていたボディバッグとバイオリンケースを手に取り、私はそのまま玄関に向かう。その後を律基がついてきた。

「ここまででいいわ」

「わかった、芽里」

「ん？」

ドアノブに手をかけた私を、律基が呼び止めた。

「またな」

その短い言葉の中に、色々な思いが込められているような気がする。

それだけで、本当に昨日彼に巡り会えたのは、奇跡だったと思えた。

「またね」

私も前向きな言葉で最後のひと言を告げた。

そしてもう一度彼の顔を見て、ドアを開けて部屋の外に出た。

エレベーターに乗り一階に下りた。マンションの外に出ると、じりじりと照り付ける太陽が私を出迎えた。そして顔をあげて外からマンションを眺める。

律基の部屋だろう場所に向かって「バイバイ」と別れを告げた。

もっと一緒にいたかったし、また会いたいと言ってもらえてうれしかった。私も彼と同じ気持ちだった。
だけど……彼が好きになったのは、本当の私じゃない。
本当の私は、昨日みたいに明るく元気で奔放《ほんぽう》なわけじゃない。
きっと次に会ったらがっかりさせてしまう。
だからこれでお別れで正解なのだ。
私は海沿いの遊歩道を、潮風を感じながら歩く。最後に素敵な思い出ができた。
水平線が見渡せる場所に足を止めて目をつむる。
瞼の裏に浮かんできたのは、私を見つめる律基の姿だった。
――そして、律基と過ごした日の二日後。
私はシドニー国際空港から飛行機に乗り、日本に帰国した。
「ごめんね、たぶんもう会えないよ」
小さくなっていく街の景色を見ながらつぶやいたのは、律基への謝罪の言葉だった。

三カ月後。
暦《こよみ》のうえでは春とはいえ、まだまだ寒い三月。
私は首もとに巻いたマフラーを口もとまで持ってきて寒さをしのいでいた。

真夏のシドニーから一転して、冬の寒さの残る東京《とうきょう》の気温は堪《こた》える。

どんよりした雲が、私の沈む気持ちを加速させた。

はぁ、今日もダメだった。

私はマフラーの中でため息をつきながら、今日を振り返っていた。

就職活動中の私は、ここ最近の連敗に心も体も疲れ果てていた。

英語は多少できるけれども、他に就職に役立つ特技や技能は持っていない。

バイオリンは特技といってもいいけれど、あくまで趣味でありそれを使っても有利になる就職先はほとんどないだろう。

こんな私が再就職を決めるのはなかなか難しい。

歩いている途中、バッグの中でスマートフォンが鳴っているのに気がついた。

画面を確認すると、相手は高校の同級生で今も仲よくしている米沢京子《よねざわきょうこ》だった。

私の数少ない友人のひとりだ。

「もしもし」

『芽里、今大丈夫？』

「うん。面接がうまくいかなくて落ち込んでいたところだから、ちょうどよかった」

『芽里でも落ち込むんだね』

「あたり前でしょ。もう通帳の残高とにらめっこする生活は嫌なのよ」

シドニーから帰国後、部屋を借りて生活を整えたら、手持ちのお金が悲しいことになってしまった。

早急に新しい仕事を見つけなくてはいけないけれど、できれば長く続けられる仕事で、得意の語学を生かしたい。

そう思っているが、なかなか希望に沿う仕事は見つからない。

『そっか。いや、どうしてるかな～と思ってなんとなく電話したんだけど。そんなに就職に苦戦してるなら、私の方でも探しておくよ』

「ありがとう、持つべきものは友だね」

京子は、大きな楽器店のひとり娘だ。都内で楽器店とともによねざわ音楽教室を開いていて、彼女はそこでピアノ講師をしている。

知り合いに伝手《つて》があれば、紹介してもらうのも悪くないだろう。

お礼を言って電話を切った私は、ふとそこで不安になる。

自分が何をしたいのか、何になりたいのか、それすら決まってない状態だ。

こんな状態での就職活動はうまくいきっこないのだろうけれど……生きていくためにはお金が必要だ。

あぁ、シドニーが懐かしいな。帰国後まだ三カ月しか経っていない。
それなのに、広大な海や青い空、潮風を思い出して懐かしくなる。
シドニーも大都会だが、日本に比べると身近に自然が感じられる。
そのせいかこちらにいるよりも閉塞感《へいそくかん》がない。
特に東京の街はどこもかしこも大きなビルだらけだから、そう思うのだろう。
個人的にオーストラリアが好きな国だからっていうのも、あるのかもしれない。
そのときふと、ひとりの男性の顔を思い出した。
あれから彼にはもちろん会っていない。あたり前だけど連絡だって取ってない。
けれどずっと彼が心の中にいる。
彼を好きだという気持ちはあるけれど、あれは私がシドニーで見た夢にすぎない。
忘れた方が自分のためだ。
頭の中にいる彼を、無理やり追い出す。
何かで気持ちを切り替えたいと思ったとき、ふとある場所を思い出した。
十分ほど歩いてたどり着いたのは、東京都庁の展望台だった。
お目当てのものを見つけた私は、うれしくなって思わず駆け寄った。
久しぶりだから下手だろうけど、少しだけ。

目の前にはピアノが置いてある。何かの動画でここにストリートピアノが設置されているのを知っていた私は、思い切り演奏がしたいと思いここにやってきたのだ。帰国後借りた部屋は予算の関係上防音ではないので、楽器を演奏するには適していない。

そもそも生活を整えるのと就職活動とに必死で、楽器に触れる暇などなかった。

そんな余裕のない生活に日々ストレスを感じていたのだ。

一目散《いちもくさん》にピアノに駆け寄った私は、椅子《いす》に座った。

鍵盤《けんばん》蓋を開けて指を置いて音を鳴らすと、ホールに清らかな音が鳴り響いた。

ピアノは本当に久しぶりだけど……。

うずうずした私は、さっそく鍵盤の上に手を乗せて指を走らせた。

久々の楽器との触れ合いは、私の心のこわばりを解き放つ。

自由に奏でる音たちが響き渡ると同時に、色々な悩みで沈んでいた心がじわじわと浮上していくのを感じた。

私は周囲に人が集まるのも気にせずに、自分の世界に入り込んで演奏を続ける。

昔は、楽器が苦痛になったときもあったのに。今は演奏するのが私の生きる支えになっている。人間って変わっていくものだと実感した。

そもそもずっと練習していないピアノなので、お世辞《せじ》にもうまいとはいえない。
それでも体が覚えている音を頼りに、私は自分の心を解き放つために弾き続けた。
気がつけば周囲に人だかりができていた。
興味深そうに足を止めてピアノの演奏を聴いている。
久しぶりだな、こういうの。
シドニーでは頻繁《ひんぱん》に路上で誰かに向けて演奏していた。
人を喜ばせるためだけの演奏は楽しく、そのときのことを思い出し音が撥《は》ねた。
一曲弾き終わると、私は指を鍵盤に置いたまま「はぁ」と満足の息を漏らした。
こんなに夢中になって演奏したのは本当に久しぶりだった。
あぁ、楽しかった！　鬱々《うつうつ》としていた気持ちがすっきりした。
大きく息を吐いて私が立ちあがろうとした瞬間、ひとりの男性が視界に入る。
「リクエストしてもいい？」
聞き覚えのある声に、まさかと思う。
「……うそ」
私はひと言発したが、それ以上の言葉が出てこなかった。
その男性以外の周囲の色が消え、音が聞こえない。

私の全神経が彼にだけフォーカスされている。

「やっと見つけた。芽里」

私を呼ぶ、その甘い声。間違いない、彼は……。

「律基」

彼の名前を呼んだ私は、驚きのあまりその場で固まってしまった。

そして彼が私に向ける熱いまなざしを受け止め続けた。

第二章

先ほど京子と電話しながらひとりで歩いた道を、今は律基に手を引かれて歩いている。

なんだか不思議な気分だな。今日の彼はシドニーで会ったときとは違い、仕事帰りなのかスーツ姿にネイビーのトレンチコートを羽織《はお》っていた。

向こうでは無造作になびいていた髪はきちんと整えられていて、彼の持つ清潔感はそのままに、きっちりとした雰囲気が漂っている。

ただあの日感じた彼の体温や手の大きさは変わっていなくて、それらが間違いなく彼だと教えてくれているようだった。

「ねぇ、どこに行くの？」

白い息を吐きながら彼に尋ねた。

ここまで黙ってついてきたのだから、せめて行き先くらいは教えてほしい。

だって彼は展望台から先、ひと言もしゃべっていないのだから。

律基がピタッと足を止め、後ろからついていっていた私は、思わず彼の背中にぶつかりそうになった。

くるっと振り向いた彼が、気まずそうに口を開いた。

「悪かった。ちょっといきなり芽里に会えたから、動揺して」

「それは私も一緒だよ。すごく驚いている」

シドニーにいるはずの彼がなぜ？　きっと彼も同じことを私に対して思っているだろう。

「芽里、これから時間は？」

「あるよ。律基は？」

「なくても作るさ。もうすぐ着くからついて来て」

彼はそう言うと、私の返事を待たずに歩き出した。

もちろん手は繋いだままだった。結局行き先は教えてくれなかったけれど。

彼が私を連れてきたのは、それから二、三分歩いた路地裏にあるレストランだった。入り口にある黒板に、おすすめメニューが書いてある。

彼は迷うことなく、ドアを開けて中に入った。

「個室、使える？」

いらっしゃいませの声がかかる前に、律基が部屋の交渉に入った。

この様子からきっとかなりの常連客なのだと推測できる。

律基の声にカウンターの中から人が出てきた。

「お、律基じゃないか。こんな早い時間に珍しいな」

白いシャツに黒いギャルソンエプロンをつけた、細身の男性が出てきた。髪は短く切り揃《そろ》えられており髭《ひげ》が印象的だ。

「そんなことはどうでもいいから、部屋使っていいか？」

「あぁ、かまわないけど……あ！　いらっしゃいませ」

どうやら彼からは、律基の後ろに控えていた私が見えていなかったようだ。

「部屋どうぞ、入り口で待たせて申し訳ありませんでした」

律基に見せた態度とは違い、丁寧にもてなされた。

彼に連れられて、私と律基は店の奥にある個室へと案内される。

「ちょっとメニュー取ってくるから」

「悪いな、開店前に」

律基の謝罪に、男性は軽く手をあげて応じていた。

「開店前なのにいいの？」

「本当にダメなときは、向こうがそう言うから。それより」

「あっ」

お店に入った瞬間に放されていた手。それをいきなり引かれ、私は勢いよく彼の胸に飛び込んだ。

「芽里」

わずかに掠《かす》れた低い声。聞き慣れるほど一緒に過ごしたわけじゃないのに、なぜか耳に心地よく懐かしく感じる。

彼は私の背中に回した手にぎゅっと力を込めた。

彼の胸に頬をつけると、あの日と変わらない匂いがしてほっとした。

「芽里」

もう一度名前を呼ばれ、彼の腕の中で顔をあげる。形のよい目にじっと見つめられた。ゆっくりと近づいてくる彼の顔にキスの予感がして私は目を閉じ、口づけを待つ。

するとノックの音がして、すぐに扉が開かれた。私たちは慌てて距離をとる。

「おい、そもそもメニュー必要か？　注文どうする？　って、取り込み中？」

顔を出したのは、先ほどここに案内してくれた男性だ。

タイミングよく……いや、悪く顔を覗かせた彼に、律基は髪をかき上げながら大きなため息をついた。

「まだ決まってない。後で呼ぶから」

「そうか。じゃあまた来る。これ一応渡しておく」

男性がニヤッと笑ったのを見て、律基が露骨《ろこつ》に嫌そうな顔をする。何をしていたのかばれたのかもしれない。

男性はグラスに入った水とメニューをテーブルに置いて部屋を出た。

律基は小さなため息をついて私を椅子に座らせた。

「とりあえず、ちょっと落ち着こうか」

「うん、そうしよう」

露骨に残念がっている姿がおかしくて、つい顔が緩んでしまう。

「残念だったね」

「あぁ、ものすごくな」

メニューを開き中を見ている間も不満そうだ。そんな彼の態度を見て、なんだかほっとした。

ここ最近の面接では、お互いを探り合うような会話ばかりで疲れていたのだ。

だから感情が素直に表情に表れる律基を見て穏やかな気持ちになる。

「芽里は苦手なものある?」

「ない。なんでもおいしく食べられるよ」

「了解」

律基がメニューを眺めていると、再び扉をノックする音が聞こえた。

「はい」

今度はちゃんと返事があってからドアが開いた。

「失礼します。ご注文はお決まりでしょうか？」

先ほどのざっくばらんさはどこへやら、今度はすごくスマートな対応に驚く。

「後で呼ぶって言ったのに。それになんだよ、かしこまって」

「そりゃそうだろ、親友が俺の店に初めて女の子を連れてきたんだから」

「初めて？」

意外だったので、思わず口からぽろっと言葉が飛び出た。

「おい、余計なこと言わずに、さっさと注文を取ってくれ。それに俺たちは親友じゃない、ただの腐れ縁だ」

「寂しいこと言うなよ、蕗谷ぃ～」

腐れ縁などと言っていたが、本当は仲がいいのがふたりの空気から伝わってくる。

お互いに信頼し合っているのがわかる。

「オーダーは、わたくし黒田《くろだ》がお受けしました。ごゆっくりどうぞ」

黒田と名乗った男性は、丁寧に頭を下げて部屋を出ていく。

「騒がしくて悪かったな。黒田は俺の高校のときの同級生。ここのオーナーなんだ」

「オーナー?」

上の立場の人だとは思っていたが、まさかオーナーだったとは。

「驚くだろう? すぐにホールに出たがる。そういえば昔から目立ちたがりだったな」

腐れ縁だなんて言っていたのに、愛情の籠もった言い方に思わず笑ってしまう。

「素敵なお店だね。すごく落ち着く」

個室の中は明かりが絞られているが、手元はダウンライトでしっかりと照らされていて、きっと料理が映えるだろう。

調度品《ちょうどひん》もシンプルながらもこだわったものだとわかる。その証拠に今座っている椅子はとても座り心地がいい。

「それは、認める。あいつ趣味が高じて都内に何店舗かレストランを経営しているんだ。食道楽をこじらせた結果だな。今度別の店にも行こう」

「そんなすごい人だったんだ」

「見かけによらないだろう。でもあいつの選んだ食材で作るものは本当にうまいんだ。シェフも自らスカウトする力の入れようだ。だから芽里にも味わってもらいたい」

さっきから感じてはいたが、律基にとってこの店は特別な場所のようだ。

「私なんか、連れてきてよかったの？　さっきも女性とは初めてだって。とっておきの場所なんでしょ」

なんとなく申し訳ないような気持ちになって、視線が下を向く。

「そうだ、特別だ。だからこそ、芽里を連れてきた」

「そう……なんだ。ありがとう」

なんだか恥ずかしくなってしまって、耳の先が熱くなる。

やがてワインと前菜《ぜんさい》が運ばれてきて、ふたりで乾杯をした。前回とは違いかしこまった場所なので、個室で他の人の目がないとはいえ少し緊張してしまう。

しかし会話を重ねていると、すぐに楽しくなってきた。

「そういえば、まだ名前と歳しか言ってなかったね。あらためまして、私は日向芽里、二十七歳。現在就職活動中です。特技はバイオリンを少々」

私が型にはまった自己紹介をすると、律基は楽しそうに口を開いた。

「俺は、蕗谷律基、三十五歳。勤務先は外務省《がいむしょう》、外交官やってます。特技は……人探しかな」

まるでお見合いのような自己紹介をした。ふたりとも真面目な顔をして見つめ合った後、我慢できなくてどちらからともなく笑い出した。

律基とはこういうことがよくあった。私が彼との会話を楽しんでいるのと同様に、彼も同じ気持ちでいてくれるのだと思うのは間違っていないはず。

「すごい特技だね。おかげで今日すごく驚いた！」

「俺だって驚いたさ。普段は行かない場所だしいつもならストリートピアノに足を止めたりしないから。びっくりしたよ、バイオリンだけじゃなくて、ピアノまで弾けるなんて」

「ピアノは本格的にはやってないの、好きなだけ。でもシドニーと同じようなシチュエーションで再会するなんて信じられない」

「俺だって驚いたし、自分の目が信じられなかった。でも会えた、芽里がそこにいた」

さっきまでの和やかな雰囲気とは違って、優しいけれど真剣な目で見つめられそわそわしてしまう。

「本当に見つけちゃうなんて。想像もしてなかった」

私の中ではあの日に終わった話だった。いや、無理やり終わらせた話だった。

けれど今、目の前に律基がいる。

「俺はあきらめてなかった。いつか絶対会えると思っていた」

彼の強い思いを聞いて、素直にうれしいと思う。

彼と深く関わるのが怖くて、自分が彼から逃げ出したにもかかわらず。

「って、かっこよく言ったけど。本当に今日のは偶然だ。でもそれだから強く運命って感じる。俺、本来はこんなロマンチストじゃないんだけどな」

律基は自分の言葉に、照れたように頭を掻いた。

「でも私もそう思う。出会いさえも奇跡だと思うのに再会できるなんて」

出会ったのはオーストラリアのシドニー、再会は日本の東京。どれだけの距離、どれだけの人。律基が運命だって言うのもうなずけた。

「だからもう俺の前から逃げないでほしい」

あのときの私は本当の自分を知られたくなくて彼から逃げていた。

でもこうなったからにはもう逃げたくない。

この再会を運命と思えるくらいには私の乙女心も健在だ。

私がどんな人間なのかちゃんと知ってもらって、そのうえでどう判断するのかは律基に任せればいい。

運命の再会を果たせた今なら、自分の情けない状況も変わりそうな気がする。この再会に賭けてみたい。

だから逃げ出すつもりなんて毛頭《もうとう》なかった。

だけど、ちょっと意地悪をする。

「もし、嫌だって言ったら？」

「また見つけるさ、特技は人探しだからな」

律基の言葉に思わず声を出して笑ってしまった。

「もう逃げるつもりないよ。だから安心して」

「とりあえず、食事だ」

ノックの音が聞こえて、話を中断させた。

料理は黒田さんが運んできてくれた。彼はもう少し話をしたそうだったが、律基が早々に追い出してしまう。

「俺が芽里と話す時間が減る」

子どもみたいな言い方に、笑うしかなかった。

「さぁ、食べながら話をしよう。黒田はあんな感じだけど、食事は本当においしいから」

律基の言う通り、提供された料理は全部おいしかった。

基本はイタリア料理のようだが、日本の食材や調味料をうまく使っている。ピザソースに味噌《みそ》が使われていて、バーニャカウダのソースには醤油《しょうゆ》の味がほんのりした。うまみの濃いアスパラガスとの相性が抜群で、いくらでも食べられそうだ。

「おいしい、黒田さんすごい」

「そこは連れてきた俺を褒めてほしいところだけど、帰り際にでもあいつに伝えてやって」

笑っている律基も、目の前の食事を次々と口に運んでいる。いい食べっぷりだ。彼のその自然な感じが私には心地よい。

そんな彼を見ていて、あの日、彼から逃げたことを謝りたいと思った。

「出会った日の二日後に帰国するのは決まっていたの。それを言わずにまた再会できるようなことを言ったのは悪かったと思ってる」

もう会えないと思っていた。それに彼だって、しばらくは私のことを覚えているかもしれないが、そのうちに忘れるだろうと思ったのだ。

「それは……芽里に会いにあのカフェバーに行ったから知っていた」

そうか、彼は私のアルバイト先を知っていた。

そこでジョーイにでも尋ねればすぐにばれる話だ。

「たしかに少しがっかりしたけれど、それでも嫌な気持ちにはならなかった。俺結構しつこいから。むしろ今この話して大丈夫？　気持ち悪くないか？　聞かなかったことにしてくれ」

焦った彼が無茶な要求をする。一度聞いてしまったのだから、なかったことにはできない。むしろ彼がシドニーでも私を探してくれていたのを知って胸がざわめいた。

「そんなわけないよ。相手が律基だから平気。本当はあのときも迷っていたから。連絡先を教えるかどうか」

素直な自分の気持ちを伝えたら、彼はほっとした表情を見せた。

そんな彼に私があのとき、なぜ彼との繋がりを絶つような発言をしたのか説明するべきだと思った。

「シドニーでのあなたの知っている芽里と、今の私はきっと違うから。〝思っていたのと違う〟って思われたくなかった」

「……どうして？」

彼は問い詰めるわけでもなく、優しく先を促《うなが》した。

「私がシドニーに行ったのは、前向きな理由じゃなくて、日本からっていうか自分の置かれている環境から逃げ出したかったの」

あまり聞いていて楽しい話ではないので、手短《てみじか》に話をする。

「発端《ほったん》は上司からのセクハラなんだけど、なんだか色々と嫌になっちゃって」

厳しい顔をした律基が、苦々しげに口を開く。

「だから、バーでセクハラめいた男にあんなに怒っていたのか」

ああ、そんなこともあったなと思い出す。

「あのときは、無我夢中で。彼女も誰かに助けてもらいたがっているような気がして」

余計なおせっかいでも、やらないではいられなかった。

「自分が誰からも助けてもらえなかったから？」

律基の言葉に、私はゆっくりとうなずいた。

彼は残念そうにため息をついた。

「近年ではハラスメントに厳しい対応をする会社が増えたが、まだまだ古い体質が残っているところが日本には多い。被害者が二度傷つけられるパターンだな」

「本当ならそこで戦うべきだと思うんだけど、いつの間にか事なかれ主義になっていた私は、そこであきらめてしまった。昔の自分はこうじゃなかったのにな、なんて思うと悲しくなっちゃって……」

私は日本で生活するうえで、自分の意見を抑えることで周りとうまく合わせようとしてきた。〝郷《ごう》に入《い》りては郷に従え〟ということわざがある。周りと歩調を合わせることは大切だし、今までそうしてきたことを後悔はしていないが、それが私にとって大きなストレスになっていたのは否めない。

「それで思い切って会社をやめて、シドニーに向かったってわけ」

最後はできるだけ明るく話した。彼には同情してほしいわけじゃないから。

「だからシドニーにいる間は、自分の心とだけ向き合ったの。好きなものは好き、嫌なものは嫌。正しいものは正しいし、間違っているものは間違っているって。すごく心がわくわくして楽しかった」

律基が静かに相槌《あいづち》をうってくれているおかげで、私は自分の気持ちを整理しながら話ができた。

「でもそれは何にも縛られていないシドニーっていう環境のおかげであって、日本に帰国した後も同じようにふるまえるわけではないのはわかっていたの。だからあのときの私を好きだと言ってくれた律基に、こんな私を知られて嫌われたくなかった。いい思い出のままにしたかった。実際の私は臆病で悩んでばかりの人間だから」

ちゃんと当時の気持ちを彼に伝えられてほっとした。後は彼がどういう反応をするかだ。

「今の話を要約すると、芽里は俺のことが好きってことでいい？」

「えっ？」

それはもちろん間違ってはいないんだけど、私が聞きたかったのはそこじゃない。本当の私を知ってどう思ったのかが知りたいのに。

「だから、芽里は俺に嫌われたくないから、俺から逃げ出したんだろ。だったら何も心配することはない」

にっこりと笑う律基を見て、私は拍子抜けして口をぽかんと開け、彼をまじまじと見てしまった。

「でも――」

「俺が芽里を嫌いになるなんてないだろう。忘れられるなら、こんな強引にここに連れてきていない」

彼の顔をじっと見つめ返す。

柔和《にゅうわ》な笑みを浮かべているけれど、真剣だというのはわかる。

「今目の前にいる芽里が、シドニーにいたときと違っているとは思えないんだけどな」

彼は軽く首をひねった。

「もちろん悩んだり悲しんだりするのは、人間なんだからあたり前だろう。芽里の中にあの強さが残ってないはずない。君の中にはどっちの君も存在する。それでいいじゃないか」

「なんでそんな……私そんなふうに思ってもらえる人間じゃないよ」

いくつになってもうまく立ち回れない自分は、どこか社会の枠からはみ出しているのではないかと思う。

その証拠に就職活動だってうまくいっていない。

けれど律基は首を振って、私の言葉を否定した。

「俺が君をどう思うかは、俺が決めることだ。バイオリンの演奏を野次《やじ》られたときの負けん気の強さや、困っている女性を助けた強さ、楽しそうに笑う顔も、ベッドでのかわいい声も。そして今ちょっと弱気になっている姿も。全部俺の好みだ」

私のどこが好き？　なんてドラマや小説でのセリフだ。まさか聞いてもいないのに羅列《られつ》されるとは思わなかった。

耐えられない程の羞恥に耳が熱い。わざと恥ずかしがらせているとしか思えない。

だけど彼にそう言ってもらえたのがうれしい。

本当は心の中では彼のその言葉を待っていたのだから。

でも素直にそれが言えない私は、思わずかわいくない態度で言い返してしまう。

「律基は私を恥ずかしがらせてどうしたいの？」

「恥ずかしがらせたいわけじゃない。もっと自信を持ってもらいたいだけだ」

「でも、私なんか就職すらままならないのに」

今日の面接もうまくいかなくて落ち込んでいた。

だから楽器に触れたいと思って都庁のピアノを思い出し演奏したという事実を、律基に話して聞かせた。

「そっか、なら芽里には悪いけど、俺はそのうまくいかなかった面接にも感謝しなくちゃいけないな」

「私、落ち込んでるのに！　でも、律基に会って元気になったから結果的によかったのかな」

なんだか律基と話をしていると、何もかもいい方に向かっていくような気がする。

彼の優しさに救われている。不思議な人だ。

「はぁ、でも就職が決まらないのは困る。今さら実家に戻るのもなぁ」

実家は地方にあるのだが、両親は今も海外を渡り歩いている。田舎でひとり暮らしするのは車が運転できない私には大変だし、就職のことを考えたら、少しでも求人の多い東京を離れる選択肢はない。

黒田さんが新たに運んでくれたデザートのジェラートを食べながら目下《もっか》の悩みを漏らす。

「面接になると、セクハラされたときのこととか思い出しちゃって。あまりうまくいかないの。そもそも私自身、どんな仕事が自分に合っていて、どんな仕事がしたいのか、よくわかってないから」

シドニーでリフレッシュして生まれ変わったつもりで帰国した。けれど現実はそう簡単ではなく、今の自分とうまくつき合っていかなくてはいけない。

「就職かぁ、芽里が嫌じゃなければ俺が紹介してもいいけど」

まさか京子に続き、律基まで仕事を紹介してくれるなんて。

「え、本当？　あ、でも私バイオリンと語学以外、得意なことないんだった」

「またそうやって、自分を卑下する。心配しなくても芽里にぴったりの仕事だよ。というか、芽里にしかできない仕事だ」

律基はずるいと思う。私がどういう言葉で喜ぶかわかっているようだ。欲しい言葉を欲しいタイミングでくれる。

「私にしかできないってどういう仕事？」

しかしどんな仕事か一向《いっこう》に思い浮かばない。いったいどんな仕事だろうか。思わず前のめりになって話を聞く。

律基はそんな私に、極上の笑みを浮かべた。

「日向芽里さん、俺に永久就職しませんか？」

「……ん？」

ちゃんと耳に届いていたはずなのに、理解ができない。

「〝エイキュウシュウショク〟って〝永久就職〟？」

もしかして私の知っている〝永久就職〟の意味が違っているかもしれない。

そう思って彼に尋ねる。

「そう、俺と結婚しようって言ってる」

「そっか、間違ってなかった」

正解を得られてほっとした——わけもなく、余計に驚いた。

ぱちぱちと瞬きを繰り返して、まじまじと律基を見る。

「で、いつにする？」

にこにこと満面の笑みを浮かべ、私に意見を求める律基。

しかし私は、なぜそんな話になったのかわからないでいた。

「もしかして、ふざけてる？」

冗談としか思えない話に、彼の様子を窺う。

「何言ってるんだ。俺の一世一代《いっせいいちだい》のプロポーズなのに」

それまで笑顔だったのに、心外だといわんばかりの不服そうな顔をした。

「まさか、本気なの？」

「もちろん」

強くうなずいた彼をじっと見つめる。

するとなんだかすごくおかしくなってきて、私は思わず笑ってしまった。

「なんで笑うんだ。俺は真剣に芽里と結婚したいと思っている」

「ごめんなさい。でも、こんなにびっくりするようなこと言う人初めてだったから、驚いちゃった」

彼は意外そうな顔をしている。

「そうか？　芽里だって、そう変わらないだろう」

「いや、いくらなんでもここまでじゃないと思うけど」

私はひとしきり笑い終えた後、彼をまっすぐ見つめた。

「さっきも言ったと思うけど、今ここにいる私は律基の思う〝芽里〟じゃないよ。色々と思い悩むし、はっきりと人に意見を言うのを怖いと思っている。就職の面接すらうまくいかないような人だよ」

悔しいけれど、シドニーのときの私とは違う。彼をがっかりさせたくない。

「芽里は俺のこと嫌い？」

「好きだよ」

そう、即答できるくらいには好きだ。だからこそ彼のプロポーズをバッサリ断れないのだ。

「じゃあ、何も問題ないさ。俺はそのままの芽里でもいいと思っているけど、芽里自身が変わりたいって思っているなら、俺のそばでどんなふうに変わるのか見ていたい」

その言葉に心が揺さぶられた。

これから変わっていく私と一緒にいたいと言ってくれている。彼はこの先の私も受け入れるつもりなのだ。

今だけじゃない、未来を見据えた彼の言葉に、私は決心した。

律基の顔をもう一度見た。この人のことが好きだ。出会ってちゃんと話をしたのは二度目。それでもその気持ちは確かなものだ。

もし今ここで彼の申し出を断ったら、私後悔するだろうな。

「いいよ」

気がついたら、返事をしていた。

「え？」

「だから、いいよ。結婚しても」

律基の綺麗な目がまん丸になっている。そんなに驚くことだろうか？

「なんで律基がそんな顔してるの？　そっちがプロポーズしてきたんでしょう？　もしかしてもう取り消したくなった？」

私の言葉に彼は慌てた様子で首を振っている。

「そんなはずないだろう。本当に俺と結婚するんだな？」

「うん、よろしくお願いします」

「あぁ、もちろんさ。芽里、ありがとう！」

シドニーの真夏の太陽のようなまぶしい笑顔の彼に、私は胸をときめかせた。

彼となら自分らしくいられる。きっとそうに違いない。確信に近い予感がした。

「ＯＫしたんだから、今さら逃げられないからな」

「もちろん、逃げ出すつもりなんてないから」

「そうか、それならまず――」

いったい次は彼の口からどんな言葉が飛び出してくるのだろうかと、ドキドキして待った。

「とりあえず、携帯の番号を教えて」

「え……」

お互いに見つめ合って、噴き出した。

そうだ、私たちはまだ連絡先すら知らないのだ。

こんな話、誰かにしたら「大丈夫なの？」って心配されそう。

でもそれでもよかった。私と律基ふたりで決めたことだから。

私はスマートフォンを取り出すと、自分の連絡先を表示して律基に差し出した。

お互いの連絡先を交換した。

スマートフォンの中に〝露谷律基〟と彼の名前がありなんとなくくすぐったい。

一般的な過程を経た結婚ではないのはわかっている。

けれど彼に抱くこのくすぐったい気持ちは間違いなく恋だ。

彼となら、それを大きく育てていける。そんな予感がする。

「そうとなればお祝いの乾杯をしよう。一番高いワインを頼もうか」

すごく喜んでいるのが伝わってきて、そんな彼を見る私も胸があったかくなった。

「いいって、そんなに奮発《ふんぱつ》しなくても」

「いいから、俺がそうしたいんだ」

律基はうれしそうにワインリストを見ている。

そんな彼を見ていると、これ以上止めるのは無粋《ぶすい》な気がした。

「芽里はどういうワインが――」

急に話すのを止めて律基は眉をひそめている。

露骨に嫌そうな表情をしながらジャケットの内ポケットから、先ほどしまったばかりのスマートフォンを取り出した。

画面を見て小さなため息をつく。

「ごめん、仕事の電話だ。出てもいい？」

「どうぞ」

ここは個室だから問題ない。

「もしもし蕗谷です」

黒田さんの『ごゆっくりどうぞ』という言葉に甘えて、ずいぶんゆっくり過ごしたので、二十時を過ぎている。こんな時間にまで仕事の電話があるなんて、やっぱり外交官って大変な仕事なんだ。

普段生活しているうえで、あまりなじみのない外交官という仕事。国内なら外務省で働いて、国外だと大使館で勤務する、それくらいしかわからない。

今度詳しく彼の話を聞いてみよう。きっと面白い話がたくさんあるはずだ。

電話をする律基の顔をなんとなく眺める。

真剣に話をする彼の顔は、ふたりっきりで過ごしてきたときには見せなかった表情だ。

なかなか素敵かも。

仕事のできる人は、男女問わずかっこよく見える。それが好きな人ならなおさらだ。ましてや律基は私の夫となる人。

じっと見つめていると、思わず口もとが緩む。

私、かなり浮かれているかも。

結婚を決めたのだから、一般的には浮かれていて当然だ。

もちろん相手が律基だからＯＫしたのだけれど、勢いで返事をしたところもある。頼りにしたのは自分の直感だけだ。世間ではそうそうない話に違いない。

それに加えて、気がついてしまった。

律基に愛してるって言われた？

記憶を掘り起こしていくと、かわいいとか好みだなんてことを言われたような気がする。〝好き〟も確かに言われたけれど、ちゃんとした告白はされたのか記憶があいまいだ。

いきなりのプロポーズが強烈だったから印象が薄いのかもしれない。

求婚されて承諾したのに、告白されたかどうか気にしているのがおかしいのかも。

でも彼がどのくらい私のことを好きなのか、気になってしまう。

LOVEじゃなくてLIKEってこと？

でもプロポーズをされたのだから、愛しているということだよね……。

考えすぎて頭の中がごちゃごちゃしてきた。

私『いいよ』なんて返事をしてよかったのかな？

いつも考えるよりも行動が先の私でも、さすがにちらっと不安がよぎる。

でも彼と再会した途端《とたん》、なんだか世界が明るくなった気がした。大げさにいえば暗雲立ち込めていた未来が、ぱぁっと明るくなった、そんな感じだ。

彼といる未来を想像したら、わくわくした。私は自分のその直感を信じたい。

これまで考えに考え抜いて行動したからって、全部がうまくいったわけじゃない。だったら、自分の気持ちを、そして彼を信じてみたい。

考え込んでいたら、彼が電話をしながら、テーブルの上に置いていた私の手をぎゅっと握った。

仕事の電話中なのに、こんなことしてもいいの？　なんだかすごくいけないことをしているような気持ちになる。

驚いて彼を見ると、さっきまで真剣な顔をしていた彼が、肩をすくめて笑ってみせた。しかし声色は仕事仕様でずっと変わらず、口調も固い。

器用だなと思いながら、邪魔しちゃ悪いってわかっているのに笑ってしまった。

口パクで「ちゃんと仕事して」と言うと、伝わったのか彼が笑みを深めた。

しかし次の瞬間ぎゅっと眉間に深い皺を刻んだ後、通話を終えた。

「電話中、なんだか難しい顔をしていたけど。大丈夫か？」

まさかずっと見られていたとは思わずに驚いた。

「平気だよ。私だって、色々考えることがあるの。そんなに能天気じゃないんだからね」

「そんなふうに思ってない。でも考え込んでいる顔もかわいかった」

こんな形でストレートに褒められると恥ずかしくなってしまう。

頬が熱い。照れている私を見て彼が笑っていたが、すぐに表情を曇らせて小さくため息をついた。

「芽里ごめん、乾杯はまた今度でいい？」

「仕事なの？　だったら仕方ないよね」

本当に残念そうにしている彼を見てわがままを言うつもりなどない。

彼が外交官ということは知っているが、具体的にどんな仕事をしているかは知らない。ただ時差がある海外とのやり取りがあるので、こんな時間でも呼び出されるのも珍しくないのだろう。

しかし私の気遣いは、彼にはいまいちだったようだ。

「そこはさ、嫌だ行かないでって言ってほしいな」

不満そうにスマートフォンをジャケットのポケットにしまう。

「でも言われると困るでしょ？」

「あぁ、でも芽里にならかまわない。むしろ盛大にわがままを言って俺を困らせてほしい」

呆れて笑ってしまった。でもそんなふうに気持ちを表してくれる彼が好きだ。

そう、私は彼が好きだ。他の人がどれくらい相手が好きになったら結婚するのかわからないけれど、私は彼が好きだからそれでいいのだと思う。

「そんなふうにすねないで」

立ちあがると中腰になって、彼のネクタイをクイッと引っ張って引き寄せた。そして唇にキスをしてみせた。

鳩が豆鉄砲を食らったかの如《ごと》く、驚いた顔をしている彼を見て満足した。

「これで、お仕事がんばってきて」

「逆効果だな、行きたくなくなった。あぁ、芽里も連れていければいいのに」

彼が立ちあがったので、私もそれに倣《なら》う。

「一緒には行けないけど、連絡するから」

彼のジャケットの内側にあるスマートフォンを指さした。

「芽里のおかげで、これまで煩《わずら》わしいと思っていたスマホのこと、好きになれそうだよ」

彼の隣に立ち「大げさだよ」と言おうとした瞬間、腰をぐっと引き寄せられ唇を奪われた。

それは私がしたキスの何倍も深いキスで。胸をときめかせないわけにはいかなかった。

人生って何が起きるかわからない。

そう、ついこの間まで彼氏すらいなかったのに、今は婚約をしている私はそれを実感していた。

【おはよう】【おやすみ】そんなメッセージに混ざり【早く会いたいね】を数日繰り返し、やっと律基の時間が取れてふたりで会うことになった。

当日、私たちは駅前で待ち合わせをして、律基の住むマンションに向かうことにした。

指定された駅に着き、彼を待つ。

結婚後は、当面彼のマンションにふたりで住むことに決めた。今日は初めて彼のマンションにお邪魔する。新生活を始めるにあたって下見もしておきたいし、ふたりで決めることも多いのでゆっくり話し合うにはベストだろう。

就職活動はとりあえず、生活が落ち着いてから再開することにした。

律基もそれでいいと言ってくれているので彼の厚意に甘えることにする。

彼はいつだって私の気持ちを優先してくれる。簡単にやってのけるけれど、決して簡単なことじゃない。それを感じるたびに、私は彼と過ごすという選択は間違っていなかったのだと実感した。

彼は私を見つけると駆け寄ってきた。あたり前のように私の手を引いて歩き出す。

「ここから近いの？」

「あぁ、すぐそこだよ」

彼が指さしたところにあるのは、そびえたつようなタワーマンションだった。

「すごい、あれ？」

「あぁ。駅から近いからあそこにした。値段はそこそこしたけど、学生のときにうまく投資していた資金があったから借金はない。安心して」

そんな理由で？　いや、借金なくマンションが買えるなんてどんな投資をしていたのか……聞きたいような聞きたくないような。

「すごいマンションだね」

コンシェルジュに迎え入れられた私は、高級感あふれるこの場所に緊張してしまう。エントランスの床はよく磨かれた大理石。奥には来客用の広いスペースが見えた。

どこも贅《ぜい》を凝《こ》らした造りに、なんとなくそわそわしてしまう。

堂々としている律基とは価値観の違いを感じるが、彼にとっては日常のことなのだろう。

「なんだか、あまりにも立派すぎて私の居場所じゃないみたい」

エレベーターに乗って狭い空間にふたりきりになった途端、本音がポロリと漏れた。

「そうか、芽里が嫌なら他に部屋を借りてもいいけど。俺は芽里がいればそれでいいから。どこに住んでも芽里がいないと意味ないし」

当然のように言われて、肩の力が抜ける気がした。彼は私だけを見て話をしてくれている。大事なことが何か、本質を見ずに恐れているだけの私とは違う。

「律基、私どこかであなたに引け目があるのかも。立派な仕事をしている人で住む世界も違うような気がして」

彼は私の手を握る手に力を込めて、優しくほほ笑んだ。

「気にしなくていい。一番大切な〝ふたりでいたい〟っていう気持ちがあれば、他のことはたいていどうにでもなる」

彼の頼もしい発言に、私は心からほっとした。過去の色々なことが重なって、どうしても考えなくてもいいことまで考え込んでしまう。

「ほら、着いた」

エレベーターが到着し、最初のドアを彼が開いた。ここがこれからふたりで住む部屋なのだ。

「おじゃまします」

奥に続く廊下に気を取られていたら、背後から抱きしめられた。そしてくるっと向きを変えられたかと思うと、唇にキスが落ちてきた。

「久しぶりだから、色々話をする前に充電させて」

もちろん私は彼の要求を断らずに、受け入れた。自分も同じ気持ちだったから。

マンションの部屋は3LDKでふたりで暮らすには十分な広さだった。

二十畳近くあるリビングは大きなガラス窓から差し込む明るい光で満たされており心地よい。四人掛けの大きなソファとローテーブル。壁掛けのテレビが印象的だ。

ローテーブルの上には無造作に本が積み上げられており、生活感があるのも彼を感じられてまたいい。

ダイニングテーブルの向こうにあるカウンターの奥は、キッチンだろう。とても広そうだ。チェストの上に飾ってあるのは、プレハブ小屋を少し立派にしたような白い建物の写真だ。日本じゃないどこかの国のものだろう。

そんなふうに思っていると、私が問題点でも見つけたと思ったのか律基が顔を覗き込んできた。

「どう？　気に入らないなら他の部屋を探してもいいよ。俺よりも芽里の方がここで過ごす時間が長くなると思うから。海外出張も多いし」

「そっか……ここでひとりで待つのは少し寂しいかも」

大学に入学してからは、ずっとひとり暮らしだったのに、なんでそんなふうに感じてしまうのだろうか。

「仕事柄、我慢させることも多いと思う。そのお詫びってわけじゃないけど。こっち来て」

律基は私の手を引いて、廊下に出て玄関の近くのドアの前に立った。

「ここ、開けてみて」

「え？　うん」

言われた通り素直にドアを開けた私は、目に飛び込んできたものに驚いた。

「わぁ、すごい」

そこにあったのはグランドピアノだ。

「いったい、これどうしたの⁉」

興奮して律基に詰め寄りながら尋ねた。だってこんなうれしいことないもの。

「ちょうど譲ってくれる人がいたんだ。調律《ちょうりつ》とかはこれからしないとダメだけど。芽里、楽器演奏するの好きだろう？　ピアノがあれば俺がいない間少しは気がまぎれるかと思って」

「律基！　ありがとう。ピアノまで、本当にうれしい」

「もともと芽里とここで暮らすって決まってすぐに、防音室にするのは決めていたんだ。そのときに都庁でピアノを弾いてる姿を思い出した。たしかピアノも好きだって言ってたよな？」

「うれしい？」

私は思わず彼に飛びついた。背中に手を回して力いっぱい抱きしめる。

「もちろん！　律基ってば神様なの？」

私の今住んでいるマンションでは、楽器の演奏は禁止されている。日本では路上で演奏できる場所も限られており、楽器に触れる機会があまりないのだ。

「大げさだけど、芽里の神様になれるならそれもいいかな。内心他のマンションがいいって言われたらどうしようかって、ひやひやしていたけど」

彼がキスしようとしていたけれど、私はそれどころではなくピアノに意識を持っていかれている。

「ねぇ、さわってもいい？」

「あぁ、芽里のものだからね」

あまりにも興奮した私に、少し呆れながらも許可してくれた。まず椅子に座って高さを調節し、その後、鍵盤蓋を開けて音を鳴らしてみる。

「たしかに少し調整は必要だけれど、素敵な音だわ」

私はうっとりとして、鍵盤の上に指を走らせた。

「部屋は防音工事をして、マンションに届けてある。規約上二十一時までしか弾けないけど、それまでは自由に演奏可能だ」

ここまで至れり尽くせりだなんて、想像していなかった。うれしい驚きに気分があがる。

「防音工事まで、ありがとう。本当に律基ってば私を喜ばせすぎよ」

「これでいつでも芽里のリサイタルが開けるな」

「リクエストは？　バイオリンの方が得意だけど、ピアノもある程度なら弾けるよ」

うれしくて、お礼にもならないけれど何か一曲披露しようと思った。

「じゃあ――」

何気なく彼が言ったその曲のタイトルに、私は固まってしまった。さっきまで跳ねるように鍵盤の上を動いていた指がピタッと止まる。

「芽里？」

「え、あ。ごめんなさい。その曲は弾きたくない……かな」

きっとこれだけで何かあったのだと、彼は悟ったのだろう。私の近くまで来て、顔を覗き込んだ。

「どうかしたの？」

彼の声色から心配が伝わってくる。

「うん、ちょっとね」

私が濁すと、彼はそれ以上話を聞いてこなかった。

「じゃあ、あのボンダイビーチでバイオリンで弾いていた曲がいいかな。俺たちの思い出の曲」

「いいね、それにしよう」

「リクエストした曲は、芽里が弾きたくなったときに披露して。俺たちには時間はたくさんあるんだから」

理由は聞かないけれど、さりげなく今後解決できればいいなと言われているようだった。

こういう彼の気遣いは一緒にいて心地いい。踏み込んでほしくない場所をちゃんと理解してくれている。それでいてほったらかしにはされない。

「いつか弾きたくなったときは、一番に律基の前で弾くね」

「あぁ、楽しみにしてる」

小さなリサイタルを開いた後、お互いの両親に結婚の承諾を得るために連絡した。と、いっても、どちらの両親も国外という状態なので、ビデオ通話での報告となった。

律基の両親が住んでいるのがイギリス。私の両親は今、父の研究の都合でチリにいる。

事前に話をしていたが、どちらの両親も手放しで喜んでくれた。超がつくほどのスピード結婚なので反対される可能性も考えていたが、拍子抜けするほどあっさり祝福された。

一歩一歩ふたりが夫婦になる日が近づいてきて、私はわくわくしていた。

通話を終えた律基が大きく伸びをした。

「なぁ、お腹すかないか？」

「うん、そうだね。結構いい時間だもの」

時計を見ると時刻は二十時。夕食には少し遅いくらいだ。

「外に出てもいいけど、どこも人がいっぱいだろうな。家で作るかぁ」

「え！……うん」

律基と結婚するのがうれしくて、浮かれすぎていたかもしれない。

私は大切なことを彼に伝えていないのに気がついた。

「冷蔵庫に何か残ってればいいんだけどな。何がいいかな」

ソファから立ちあがった彼の袖《そで》を掴んだ。

「あの、大事な話があるの」

「え、今？」

「うん」

私の様子を見て、律基も真剣な顔になる。

「あの……私」

「あぁ、どうしたんだ？」

彼が息をのみ、私の返事を待っている。そんな彼に意を決して伝えた。

「私、料理がまったく作れないのっ！」

キッチンに、律基の笑い声が響いている。

「料理ができないくらいで、あんなに思いつめた顔するなんて、心臓に悪い」

「だって、本当にできないんだもの」

そんなに笑わなくてもいいのにと、私はシュンと肩を落とす。

「もしかして両親に結婚の報告した途端に振られるのかと思った」

「そんなはずないじゃないか」

私はキッチンに立ち、玉ねぎをみじん切りする彼の隣でその様子を観察する。

「別に芽里ができなくても俺がある程度はできるし、買ってきても外で食べてもいいだろ。むしろ日本人くらいだろ、あんなに手作りで何品も作るのは」

私は彼に言われて、トマトを水で洗う。

「でも、日本のよくある家庭ではそれが奥さんの仕事じゃない。律基は働いていて、私は今のところ無職だし」

どう考えても時間を持て余しているのは私だ。

「普通っていうのはどうだろうな。それに俺はずっと日本にいたわけじゃないから〝日本の普通〟はあまり気にしない。少なくとも俺と芽里の間では普通じゃないだろ」

彼が言いたいことはわかる。ふたりで暮らすのだから、ふたりでルール作りをして、ふたりの普通を作ればいいということだろう。

「本当にそれでいいの?」

「あぁ。もしかしたら、芽里がいきなり料理に目覚めるときがくるかもしれないし」

「こないかもしれないわよ」

「そのときは、そのときだ」

彼は玉ねぎとニンニクをみじん切りにすると、オリーブオイルをしいたフライパンの中に放り込んだ。

「ねぇ、レシピとか見ないの」

「あぁ、面倒だから。大丈夫、味には自信がある」

料理オンチの私からしたら、レシピもなしに料理に取り組むなんて天才だと思う。それにあの包丁さばき。私はピーラーなら使えるけれど、恥ずかしながら包丁ではリンゴも剥《む》けない。

「はぁ、律基はなんでもできるね」

「ピアノもバイオリンも弾けない」

「でもそれは、生きていくうえでは必要ないものだもの」

音楽と違い、料理は生きていくために大切なものだ。

「芽里にとっては、食事と同じくらい大事なものだろう」

「……ありがとう」

彼はいつだって、私の欲しい言葉を欲しいときにくれる。彼が私を無条件で受け入れてくれるから、私は今のままの自分を認めてあげられそうだ。

「料理、教えてくれる？」

「芽里のお願いなら全力で叶えるよ」

彼はそう言うと、手順を丁寧に教えながら簡単な作業は手伝わせてくれた。

「そうそう、その調子」

とってもいい先生に恵まれた私は、人生で初めて料理が楽しいと思えた。

そしてできるだけ早く結婚しようと意見が一致した私たちは、四月一日にふたりだけで区役所に届けを出して、夫婦になった。

ふたりの門出《かどで》にふさわしい、空がものすごく青いよく晴れた日だった。

入籍と引っ越しをして一緒に暮らし始めたその週末。

土曜日で仕事が休みだった律基に誘われて、私は彼の運転する車で出かけていた。

「どこに行くの？」

「着いてからのお楽しみ。芽里そういうの好きだろ？」

「まぁ、嫌いじゃないけど」

律基なら私を困らせるようなことがないと、わかっているからだ。だから機嫌よく運転する律基の横顔を眺めながら、一緒に過ごす休日にわくわくしていた。

「律基は運転好き？」

「あぁ、でも仕事が忙しくてあまり乗れないんだよな」

「じゃあ、お休みの日は私がドライブにつき合ってあげるね？」

「それは、芽里が行きたいだけじゃなくて？」

早々に魂胆《こんたん》がみやぶられてしまう。

「そうだけど、律基と一緒にいろんなところに行きたいなって」

もともと自分は好奇心旺盛《こうきしんおうせい》な方だと思う。小さな頃から世界中のあちこちを見て回っていたせいかもしれない。

「いいな、それ。初めてじゃない場所でも芽里となら新しい発見がありそうだ」

彼の考え方には、いつも私の方が驚かされる。前向きで、いいところを探す天才だと思う。

「約束ね！」

彼の前だと、無邪気に子どものようになってしまう。本当に信頼できるからこそだ。

そんなやり取りをしていると、一軒の建物の前の駐車場に彼が車を停めた。

コンクリート打ちっぱなしの五階建てのビル。シンプルでスタイリッシュな建物の外階段を上ってすぐにある扉を開けた。

真っ白な空間が目に飛び込んでくる。テーブルと椅子だけの空間に目を捕らわれていると、中からブラックのシャツにデニムを身に着けた男性が出てきた。肩までの髪を無造作に後ろでひとつにまとめているが、かけている銀色の丸眼鏡とともに彼の雰囲気によく似合っている。

「こんにちは、宮崎《みやざき》さん。無理を言ってすみません」

「いいえ、お待ちしてましたよ。蕗谷さん、そして奥様」

いきなり視線を向けられて、私は慌てて会釈《えしゃく》をした。そして律基に小さな声で尋ねる。

「そろそろ、ここがどこなのか教えて」

「ああ、そうだったな。ここは彼、宮崎さんのアトリエ」

「アトリエ？」

彼の方を見ると、部屋の奥にあるデスクに座るようにと促された。

律基に続いて座ると、スタッフらしき女性がアイスティーを運んできてくれた。

「今日のご依頼は結婚指輪ということですが」

「えっ！」

その場で飛び跳ねる勢いで驚いた私を見て、宮崎さんがクスクスと笑っている。

「蕗谷さん、何も言わずに奥様をここに連れてきたんですか？」

「すみません、驚かせたくて」

律基は悪びれる様子もなく、肩をすくめてみせた。

「じゃあ、とりあえずサプライズは大成功でしたね」

宮崎さんと律基は楽しそうに笑っている。

「芽里、彼は宮崎由吉《ゆきち》さん。世界で活躍するデザイナーでね。以前海外で知り合ったんだ」

「え、もしかして塚越《つかごし》デパート前のモニュメントを作った方？」

私の反応に宮崎さんは「そうそう、あれあれ」となんでもないことのようにうなずいた。

しかし、あのデパートの象徴のようなモニュメントを知らない人なんていないだろう。律基の知り合いがこんなにすごい人だなんて……いったいどこで知り合ったのだろうか。

「で、その有名な宮崎さんに、俺たちの結婚指輪を依頼しようと思う」

「それって一点ものってこと？」

「あぁ。昔ちょっとしたことで世話をしてね。一度だけ言うことをきいてくれるっていう約束だったんだ。だから芽里との指輪を作ってもらうことにした。どう？」

「うれしい！」

律基とペアで着ける指輪。それが世界でひとつしかないものだと思うと喜びもひとしおだ。

「一応サンプルがありますが、ご覧になりますか？」

「はい、お願いします」

私が返事をすると、宮崎さんは立ちあがり奥の部屋に入っていった。

ふたりになった途端、律基が小声で私に話しかけた。

「芽里なら、有名なブランドものよりも、こちらを喜ぶと思った」

「こんな素敵なサプライズったらないよ」

やっぱり律基は私のことをよくわかっている。彼もまた私が喜ぶ姿を見てうれしそうだ。

宮崎さんが持ってきたサンプルを見せてもらう。

「宮崎さんはジュエリーもデザインなさるんですか？」

ふと疑問に思って尋ねる。

「う〜ん、正しくは〝なんでも〟作家ですね。絵も描くし、彫刻や彫金《ちょうきん》もするし、空間もデザインする。そのときやりたいことをやっています。それがたまたま仕事に結びついているって感じですね」

〝たまたま〟で仕事になるとは思わないけれど、そこは深く追求するのはやめておく。

「蕗谷さんには、カンボジアで世話になったんです」

「カンボジア？」

私も父の仕事の都合で、世界中あちこちで住んでいたが、カンボジアは未経験だ。

「その頃バックパッカーをしていた俺は、現地に赴任して向こうに小学校を作っている蕗谷さんと意気投合《いきとうごう》したんです。その後ちょっとしたトラブルに見舞われたんですけど彼の手助けで事なきを得ました」

そんな仕事をしていたなんて初耳だ。守秘義務が多い職業だから話せないことも多いのだろうか。

ふとあることを思い出して、律基に尋ねる。

「もしかしてチェストの上にある写真の建物って……？」

「そうだ。あれがカンボジアに建てた小学校だよ。俺にとっても思い出深いから、ああやって飾ってあるんだ」

なるほど、あの写真の意味が今になってわかった。

「手助けしたっていっても、大したことはしてないんだけどな」

少し照れくさそうにする姿が、彼らしい。

「その後、個展に招待したら律儀《りちぎ》に来てくれましてね。いつかお礼がしたいとは思っていたけど、結婚指輪とは思わなかった」

「せっかく世界的デザイナーに恩を売ったんだから、ここぞというときに使わないと。おかげで芽里にもでかい顔ができる」

律基が肩をすくめてみせると、宮崎さんは笑った。

「さぁ、おしゃべりはここまでで。デザインを決めましょう」

そうして私と律基は宮崎さんのアドバイスを受けながら、指輪のデザインを決めていった。

「指輪ができるの楽しみだね」

宮崎さんのアトリエを後にした私は、まだ興奮が冷めずにいた。

「あぁ、そうだな。芽里、ちゃんと前見て歩いて」

ずっと律基の方ばかり見て歩いていたせいか、危うく電柱にぶつかりそうになった。

もちろんそれを助けてくれたのは彼だ。

頼もしくて、素敵な私の夫。

「芽里、ちょっと行きたい場所があるんだけど、いい？」

「もちろん！　さぁ、行こう」

元気よく返事をした私を見て、律基は呆れ笑いを浮かべている。宮崎さんにアトリエの駐車場に車を停めておく許可を得て、私たちは歩き出した。

「芽里って、いつも行き先を聞かないけど、どこに行くか気にならないの？」

「うん。だって律基が連れていってくれるなら、どこでも楽しいから」

私は彼を信頼している。出会ってそう時間は経っていないけれど、信頼に足る人だということはこれまでの彼の言動から確信を持てている。

「そんなふうに信頼されると、期待を裏切らないようにしなきゃいけないな」

いたずらっ子のように、肩をすくめてみせる彼。

「プレッシャーかけちゃった？」

「いいや、その方が燃えるタイプだから」

私たちはふたりで笑いながら歩いていく。どちらからともなく手を繋いだ。

彼と私の間の距離が、どんどん縮まっていく。その証拠に、こんなふうにふたりで歩くときは必ず手を繋いだり、腕を組んだりしている。

「ふふふっ」

「何、笑ってるんだ？」

「ごめん、なんだか楽しくて。こうやって手を繋いで歩いているだけなのにね」

自分でも学生のような浮かれようだと思い、おかしくなってしまったのだ。

「俺にとっては、芽里が隣にいるだけでも特別だから。手を繋いで歩いていることすらうれしくて仕方ないよ」

そんなのあたり前だと言わんばかりの言い方だ。

彼といると周りがキラキラして見える。自分が彼と一緒にいることを、心から喜んでいるからかもしれない。

そして彼の大切なものを知ることができたのもよかった。

彼が部屋に飾っているカンボジアの写真。多くは語らなかったけれど、彼にとって大切な思い出のものに違いない。

自分の仕事に誇りや情熱を持っている彼を素晴らしいと思う。何も持っていない私には彼がまぶしく見えた。

そしてそんな彼に負けないように、自分の人生に誇りが持てるようになりたいと思う。

彼と過ごしているうちに目標ができた。そんな自分を好きだと思える。

「芽里、顔をあげて」

彼に言われて視線を上に向けた。

その先にあったのは、美しい桜並木だった。

「わぁ、すごい」

どうりでいつもよりも人が多いと思っていた。目黒川沿いには満開の桜がずっと先まで続いている。

「これを、芽里と見たいと思ってたんだ」

美しいものを自分と共有したい。そう思ってくれた彼の気持ちがうれしくて、たまらない気持ちになる。

「私、律基と結婚できるのうれしいな」

「奇遇《きぐう》だな。俺も今そう思っていたところだ」

お互いを見つめ合う。たくさんの人がいるはずなのに彼しか目に入らない。

そのときいたずらな風が吹いて、桜の花びらが舞った。

「ほら、おいで。一緒に行こう」

その言葉がなんだか未来に繋がっているように思えた。私はぎゅっと彼の手を握って隣を歩いた。

＊＊＊

人生うまくいくことばかりじゃない。

三十五年生きていれば、それくらいは理解している。周囲から見れば順風満帆《じゅんぷうまんぱん》に見える人生でも、本人からしたらそうでもないことも多い。

青い空に白い砂浜、目の前に広がる海。夏の日差しに照らされ行きかう人々はみな笑顔で悩みなんてなさそうに見えた。

自分だけが憂鬱《ゆううつ》な気分に思えて気が滅入る。仕事で思い通りにならないことなんて、あたり前のようにある。それを努力でどうにかしてきた。

外交官という立場上、自分の仕事が直接国の利益にも不利益にもなりうることは理解している。だからできる限りのことを精いっぱいやってきた。

国と国との駆け引きに神経をとがらせ、国内では各省庁との丁々発止《ちょうちょうはっし》のやり取りに神経をすり減らす。常に大局を見極めなくてはいけないが、それが国家レベルになるのだ、責任は大きい。

しかし昔からなんでもそつなくこなし、ある程度肝の据わった性格が外交官という仕事に合っていたのか、仕事にはやりがいを感じている。

けれどそれでも落ち込むことがあるものだ。

最初に赴任したカンボジアではＯＤＡにより学校を建設する仕事をした。

これまでにも日本からのＯＤＡでたくさんの学校が建設されていた。その仕事を引き継いだ俺は、外交官としてこの仕事に携《たずさ》われたことに感謝した。

街中では靴すら履《は》いていない子どもたち。

学校に通える子どもはまだまだ多くはないが、通っている子どもは必死になって勉強している。

ひとりの男の子が、覚えたての日本語で俺に挨拶《あいさつ》をして、いつか日本に恩返しをしたいとそう言ったのだ。この子の綺麗な心に応えるため、何ができるかを考えるのが俺の仕事上の指針になっていた。

自分の仕事の結果で誰かを笑顔にしたい。青臭い目標で誰にも話したことはないが数年経った今でもいつも心に留めている言葉だ。

それがだ……。数年前に任期満了して俺の手を離れたカンボジアのプロジェクトで、今になって不正が発覚した。当時のことを知る俺も調査担当からオンラインでヒアリングされた。

疑われているわけではないとわかっていても、この手の話に巻き込まれて迷惑極まりない。清廉潔白なので正々堂々と話をしたが、同じ仕事仲間がしでかしたことにははらわたが煮えくりかえり、今も怒りが継続している。

過去のことだ、今さらどうにもできない。今やるべきことは、今の赴任先のシドニーで一定の成果をあげること。

自分にそう言い聞かせても、今回の事件は心に重くのしかかる。

なぜあのとき、何も気がつかなかったのかと自分自身の不甲斐《ふがい》なさを責めていた。

休暇のその日、部屋で過ごしていると考えが頭の中を巡りどうしようもなくなるので、海辺を歩こうとボンダイビーチに向かった。

外務省が用意したマンションは通勤に難があり人気がない部屋だったが、海辺の近くのこの部屋を俺は気に入っていた。

シドニーのいいところは、自然が身近にあるところだ。ここに赴任している間はその恩恵にしっかり与《あず》かろうと思っている。

ざわざわする心を空っぽにしたくて、遠くを眺めながら歩く。

日曜なのでマーケットが開かれていて、地元の人に交ざって、観光客も多く見受けられた。

そのとき、どこからかバイオリンの音色が聞こえてきた。引き寄せられるように足が自然とそちらに向いた。

そこには小さな人だかりができていて、近づいていくとその中心にバイオリンを弾く女性がいた。

俺と同様にその音色に魅入られた人々の表情を見ると、それぞれ笑顔を浮かべて彼女の演奏を聴いていた。

たしかに上手なのだが、それだけではない。言葉ではうまく言えないが、聴いているこちらが自然と笑顔を浮かべるような、そんな音楽だった。

あぁ、彼女は音で人を笑顔にできる人間なんだと思った。俺の興味が音色からそれを生み出す彼女に移る。

そこには誰よりも一番楽しそうにして、バイオリンを弾く彼女がいた。

目を奪われるなんて生易しいものじゃない。彼女を見ているだけで自然と笑みが漏れた。気がつけば心を鷲掴みにされて全神経が彼女に持っていかれていた。

もやもやしていた気持ちはどこかにいった。その代わり自分の胸を占めたのは彼女の笑顔だった。

ひと目見て日本人だとわかった。話しかけたくて我慢できず、見え透いたリクエストをすると快《こころよ》く引き受けてくれた。

もちろんそれもうれしかったのだが、その後演奏をけなされた彼女は、自分の演奏で相手を黙らせた。そのときの表情が目に焼き付いている。

さっきまでとは違い挑むような強い意志を持つ視線。それが凛々しくて完全に胸を射抜かれた。

それと同時に自分の不甲斐なさに気づかされた。もやもやを抱えるだけで、何もしていない自分。一方目の前の彼女は小さな体で自分に向けられた敵意と戦っている。

パワフルな演奏は見る人を驚かせ惹きつけていた。

自分の力で周りを納得させたその姿がまぶしくて、そして一瞬たりとも彼女から目が離せない。

言葉では表現できない、その圧倒的な演奏。周囲のどよめきなど聞こえていない彼女は自分の世界に没頭しているように見えた。

息をするのも忘れて夢中になって彼女の演奏を聴く。完全に魅了された俺は彼女しか意識の中になかった。

そして演奏を終えた彼女が浮かべた笑みが最高で、そのとき完全に恋に落ちていたと思う。

さっきまでの迫力はどこへ行ったのか、さわやかに笑う彼女のそのギャップもまたいい。

額に浮かぶ汗を拭い、バイオリンケースにコインが投げ込まれるたびに、お礼を言っている。満ち足りたその表情もすごく魅力的だ。

自分でもなぜこんなに彼女に惹かれるのかわからない。

本能が惹きつけられるのを感じた。

まさかこの歳で一目惚《ひとめぼ》れか？

そんなはずないと自分で否定するが、しかし、それ以外の言葉でこの気持ちを表現できない。

「まいったな」

小さな声でつぶやいたけれど、実際はその感情に困ってなどいない。

片付けを始める彼女を見て、どうやって話しかけたらいいのかで頭の中はいっぱいだった。

まぶしい太陽の光を受けた彼女は、俺の目にはよりいっそう輝いて見えた。

第三章

五月初め。新緑のまぶしい平日の昼下がり。

遊歩道沿いの和風カフェは、楽しくおしゃべりをしている女性グループや、パソコンを広げて仕事をしている人、はたまたひとりで読書を楽しんでいる人で、わりと混雑していた。中に入って奥にあるソファの席に目をやると、いつも通り京子がいるのを確認し、彼女のもとに向かった。

「ごめんね、待たせて」

「ううん。レッスンが一コマキャンセルになったから早めに来ただけ」

彼女の隣に座って、ほっと一息つく。すぐにスタッフがオーダーを取りに来たので、京子が頼んでいるアイスの抹茶《まっちゃ》ラテを注文した。

「メニュー見ないでいいの？」

京子は問いかけながら私にメニューを差し出した。

一応中を確認すると、和風テイストの軽食やスイーツがたくさん並んでいる。

「いいの。ここ数が多くて迷っちゃうから。京子の飲んでるの頼めばたいていい間違いないし」

京子とは食の好みが似ているので、迷いそうなときはだいたい同じものを頼むようにしている。

「久しぶりだね、元気だった？」

「うん、ちょっと……いや、かなりバタバタしてて」

「芽里はいつもじゃない」

「人をそんな落ち着きない人みたいに言わないで」

軽く睨んで見せたが、京子は笑ってそれを流した。

いつもと変わらないやり取りをしている間に、頼んでいた抹茶ラテが運ばれてきた。大き目のグラスにたっぷりと注がれている。ストローでかき混ぜるとカラカラと氷が涼しげな音を響かせた。

「じゃあ聞いてあげるわよ。何がそんなに忙しかったっていうのよ？」

私は待ってましたとばかりに、少々前のめりになって口を開いた。

「それが聞いてよ。私ね、結婚したの」

「ふーん」

あれ、そんなもの？　もっと驚くと思ったのにな。

絶対驚くだろうと期待したのに、まったく興味のなさそうな返事にちょっと残念に思っていると、彼女が急に私の方に体を向けて詰め寄ってきた。

「待って。何、なんて言ったの？」

その勢いに、思わず体をそらせて距離をとる。

「えと……だからね、結婚したの」

ちょっと恥ずかしいけれど、律基と作った指輪を京子に見せる。彼女なら私のこの少し自慢めいた行為も、笑って許してくれるだろう。

しかし目の前の彼女は、目をぱちぱちさせながら言葉を失《な》くしているようだ。

「京子……？」

どうしたのかとじっと彼女の顔を見る。すると彼女の目がみるみる潤《うる》み始めて涙ぐんだ。

「え、待って。どうしたの？　京子」

京子は慌てて目をこすり、涙を拭った。

「だって……芽里ってば、いっつも唐突《とうとつ》で私を驚かすんだから！」

「ごめん、実は本当に急に結婚することになって。京子にはすぐに知らせるべきだったね」

突然泣き出した京子に、慌てふためく。そこまで驚かせるつもりなんてなかった。ただ新生活に追われてなかなか連絡できなくて、ちゃんと話をする前に今日の予定が決まった。

できれば直接伝えたかったしびっくりもさせたかったのでわざと黙っていた。

まさか泣いちゃうなんて！

また相手の気持ちを読み間違えてしまった。

慌ててハンカチを差し出すと、受け取った彼女は涙を拭った。

「ううん、謝らないでいいの。うれしいの……よかった。芽里ってば本当に色々あったから」

京子は私の過去をよく知っている。不器用な私の生き方をずっと見てきてくれた。

普段はどちらかといえばドライな彼女の涙に、私への思いが詰まっているような気がして、私の胸が熱くなった。

私まで泣いちゃいそう。

「ありがとう、京子。驚かせてごめん」

「ほんとだよ、もう。でもおめでとう。で、根掘り葉掘り聞かせて！」

さっきまで涙を浮かべていたはずの瞳には、今は好奇心がこれでもかというほどあふれている。

こういう切り替えの早さも、私が彼女を好きな理由のひとつだ。

律基との結婚はふたりだけで決めたことだった。なんの相談もなく決めたことをどう思うだろうか。

「ほんとに、結婚までいきなりなんだからっ」

「う……たしかに、衝動的でなかったとはいわない」

律基に強く惹かれたのは間違いない。しかし一般的にはもう少し時間をかけてから結婚を決めるものだろう。

「でも、芽里がそう決めたならそれが正しいんだよ。おめでとう」

「うん、ありがとう」

やっぱり仲のいい京子に祝ってもらえてうれしい。

「さぁ、出会いから結婚にいたるまでこの京子さんに話して聞かせなさい」

私は文字通り、根掘り葉掘り、事細かく、あらいざらい、京子に律基とのあれこれを話して聞かせた。

そして京子が一番興味を示したのが、結婚指輪だった。実は私も指輪に関しては話したいことがあったので、嬉々として話に乗った。

「これが結婚指輪？　素敵、見せて」

「うん、見て。裏にね、誕生石が埋めてあるの。私は七月生まれだからルビー。律基は十二月だからタンザナイト」

指輪を外して中を見ると、赤い石が輝いていた。この石を選んだのは、誕生石っていうのもあるけれど「赤い色が芽里にぴったりだね」と律基が言ったからだ。その日から私は赤色が好きになった。我ながら単純だ。

「へぇ、旦那さんのにも石入れたんだ」

「うん、男の人は珍しいみたいだけど。私が勧めたら賛成してくれたから」

京子が差し出した手のひらに、指輪を載せると光にかざして内側を見ている。

「シンプルだけど、綺麗な曲線だね。これどこのブランドのものなの？」

京子の実家は手広く事業を展開している。彼女はいわばお嬢様だ。昔からブランドにも詳しく、興味を持つのもうなずけた。

「一点ものなの。律基さんの知り合いの宮崎さんって人がデザインから制作まで請け負ってくれてね。とっても気に入ってるんだ」

京子なら多少ののろけも自慢も聞き流してくれるので、思ったことをありのまま口にする。

「ん？　デザイナーの宮崎さんって、もしかして宮崎由吉？」

「うん。そうだけど。結構いろんなところで活躍してて——」

「えーすごい、本当に宮崎由吉なの？」

京子があまりにも驚くので、私もびっくりしてしまった。

「たぶん、その宮崎さんだと思うけど」

「もっと感謝しなきゃ、あの宮崎由吉だよ？」

京子の勢いに驚いて、私はうなずくしかできない。

「そんな素人《しろうと》がオファーできる人じゃないんだからね。次期オリンピックの準備委員会に名前があったはずよ。本当の、本当に、すごい人なんだからっ！」

京子の力説に思わずたじたじになってしまう。

ようやく落ち着いた彼女が私に指輪を返しながら、尋ねてきた。

「律基さんっていったい何者なの？」

「外交官だって。お父様の仕事の都合で彼も小さい頃は海外生活が長かったらしいから、語学が得意みたい」

「外交官ねぇ。なるほど、それなら芽里と話が合うのもわかるわ。シドニーで出会うなんてすごくロマンチック」

妙に納得した様子の京子だったが、これまで色々話をしてきても律基に対して反対の意見を言わなかった。そのことにほっとする。

結婚は自分と律基が決めたことで決して後悔はないが、親友に認めてもらえれば安心感が増すというものだ。

「ちょっと会わないうちに、そんなことになっていたなんて。じゃあ、私の話は余計だったかも」

「うん？　何なに？」

抹茶ラテを飲みながら、京子の話に耳を傾ける。

「実はうちのスクール、バイオリンの講師が産休に入っちゃって。代わりの人が見つかってないのよ。よかったら、芽里に頼めないかなって。ほら、ずっと仕事探していたじゃない？」

京子の実家は楽器店を数店舗経営している。それと併設して音楽教室も展開しており、京子自身もそこでピアノ講師をしているのだが。

「いいの⁉」

私は思わず彼女の手を取って飛びついた。バイオリンは自分の強みだ。それを生かせる仕事をできるなら——とそう考えたが、ふと心配になる。

「私で大丈夫なの？」

「芽里、どうして？」

私の疑問に京子が疑問で返してきた。

「ほら、私あまり人の立場に立って物事を考えるのうまくないから」

これは私の最大のコンプレックスでもありトラウマでもある。

「あぁ、もしかしてまだ高校時代のこと引きずっているの？」

私がうなずくと、京子は小さくため息をついた。

「あれは利奈《りな》が、芽里の才能をうらやましがっただけでしょ？」

私は京子の言葉に首を傾げた。

高校のときに私が人生を見つめ直すきっかけを作った友人である利奈は、バイオリンで留学するほどの腕前の持ち主だ。今現在はプロのバイオリニストとして活躍している。そんな彼女が当時私をうらやんでいたなんて、想像できない。

「だって芽里の音って魅力的だもん。全然正しい弾き方じゃないし『なんでそこをそんなふうに弾く？』って思うんだけどついつい聴いちゃうの。それになんだかんだいってどんな曲も簡単に弾きこなしちゃうし」

「簡単じゃないよ、練習はしてたもの」

私は否定するけれど、京子は首を振る。

「私たちは芽里の何倍も練習しないと、できないのよ」

私はそれ以上何も言えなかった。努力と結果が必ずしも比例するとはいえないからだ。

「だからね、私も含めてみんな芽里がうらやましかったし、まぶしかった」

自分はそんなふうに才能にあふれた人間じゃないと思うし、ただ楽しいからバイオリンを弾いていた。

難しい曲も演奏できるようになるのが楽しくて、それだけの理由で練習を重ねていたのだ。

誰かと競い合ったり、評価を求めたものじゃない。

ただ利奈をはじめ高校の音楽科の面々は、コンクールや留学などを目標にがんばっていた。そんな中で自由に演奏をしたがる私は、異質に映ったのだろう。

決定的な溝ができたのは、私が利奈と競い合っていた留学の選考を辞退してからだ。

その頃の私は自分が辞退をすれば、利奈が行けるのだから、それでいいと思っていた。

だから私は『私辞退するから、利奈が留学しなよ』と本人に面と向かってはっきり言ってしまったのだ。

純粋によかれと思ってやったことだ。しかし利奈からすれば〝勝ちを譲られた〟ととらえたようで、考え方の違いから衝突した。

そしてそれを見ていた普段から私を快く思っていなかった子たちは、便乗《びんじょう》して私を攻撃した。

悪口を言われるだけならまだ耐えられたが、レッスン室を使わせてもらえなかったり演奏中に大きな音をたてられたり、楽譜が隠されたこともあった。

そんなことから、私は音楽を習うということに抵抗ができ、大学はまったく関係のない学部へと進学したのだ。

「芽里は気がついていなかっただろうけど、あの頃の私たちって好きで始めたはずの音楽に絶望したり嫌気がさしたりしていたの。練習してもうまくできなかったり、理《り》不尽《ふじん》に思えるような教師の指導もあったしね」

たしかにあの頃の私も、楽器を演奏する意義がわからなくなっていた。

「みんなそうだったの？」

「今まで言わなかったけど、多くはそうだったと思うよ。みんな苦しみながら練習をして必死にくらいついているのに、そこでただ楽しそうにしている芽里を見たら、やきもちをやくのも私には理解できる」

初めて聞く話に驚いた。まさかそんなことがとは思うけれど、京子がそう感じていたなら間違いないのだろう。

外国育ちを言い訳にしたくないが、みんなと考え方がずれているのは当時も感じていた。だから努《つと》めて自分の主張を抑えることで、周りとうまく合わせていたつもりだった。

「私、そんなふうに見られているなんて知らなかった」

当時はどうしてこうなったのかわからなくて、私の方に落ち度があったのかと、それればかり考えて気にしていた。

「そうだろうね、芽里は周囲と自分を比べることがなかったでしょ？　だからあの当時話をしても理解できないかなっと思って。芽里が悪いわけじゃないしね」

当時の私はそうだった。自分が向き合っているのは自分自身の音楽だけだった。だからみんながどんな気持ちだったのか、理解できなかったのだ。

「利奈は、芽里が辞退したことで見下されたと思ったんだろうね。留学生のポストを〝譲られた〟って思ったんじゃないかな？」

京子は当時と同じ意見を、今も持っているようだ。

「そんなつもりじゃなかったのに。でもあのとき、言い訳も聞いてもらえなかった」

「自分が努力してほしいものを、簡単に〝いらない〟って言われて、悔しかったんだと思う。たとえ芽里にそういうつもりがなくてもね。仲がよかったから余計に」

「やっぱり、無意識にみんなを傷つけていたんだね。ねぇ、そんな私に人を教えるってできるのかな？」

「芽里はもう十分反省したでしょ？　それに変わろうと努力しているし。そんな芽里だから音楽の楽しさを教えてあげられるんじゃないかなって。芽里が担当するのは趣味で通ってくる人のクラスだから。自分が楽しむための音楽したい人。芽里にぴったりでしょ？」

「楽しむための音楽……それなら役に立てるかも」

私は目の前が明るく開かれた気がした。そして何よりも私のことをよく理解し、ぴったりの仕事を紹介してくれた京子に感謝した。

「ありがとう、京子。いつも助けてくれてありがとう」

「別に礼には及ばないわ。人気講師になってがっぽがっぽ稼いで、うちの会社大きくしてよ。期待してるわ」

京子は冗談めかして親指と人差し指で輪っかを作りお金のジェスチャーをしてみせ

た。

「私、変われるよね。がんばってみる！」

私の言葉に共感するように、京子はうんうんとうなずいていた。

「さて、そろそろ私は仕事に戻らなきゃ。仕事の件については後でまとめてメッセージ送っておくから確認しておいて」

「うん、ありがとう」

私はもう少しゆっくりしていくことにして、京子を見送った。

抹茶ラテを飲みながらＳＮＳのチェックをしていたときだった。

隣から早口の英語が聞こえてくる。

「あの、プリーズ、モア、スローリー」

スタッフが焦った様子でなんとか理解しようとしているけれど、彼女はどうも英語が苦手のようだ。お客の男性は、アラブ系の出身の人のように見える。なぜすぐにわかったかというと、わかりやすくカンドゥーラを着用していたからだ。

ひとりで椅子に座っており、同行者もいない様子だ。彼が聞きたいのはメニューについての説明らしいが、スタッフの子は突然英語でまくしたてられて完全に落ち着きを失っていた。

《お手伝いしましょうか？　メニューの説明ですよね？》
私が英語で話しかけると、お客様とスタッフの両方の顔が輝いた。私もどうやらおせっかいではなかったことにほっとする。
《この飲み物は何が使われているのか教えてほしい》
《抹茶はご存じですか？　お茶の一種ですが飲みやすいように牛乳を加えています。上のホイップにかかっているソースはあんこ、豆を甘く煮たものです》
メニューに説明のあるものはそのまま説明して、ないものに関してはスタッフに聞いてから伝える。
《ゼラチンなどは使っていないか？》
それを聞かれてピンときた。おそらく宗教上の理由で、材料を確認したいのだろう。
《こちらにはゼラチンは使用されていません。たしか牛乳は大丈夫だったと記憶していますが、気になるようでしたら豆乳に変更することもできますよ。少し癖はありますが牛乳よりさっぱりしていておいしいです》
イスラム教では豚肉が禁止されている。ゼラチンには豚肉の成分が含まれているので気をつけなくてはいけない食材のひとつだ。
私の言葉にお客の男性は少し驚いたようだったが、すぐに笑みを浮かべた。

《日本人はイスラム文化について知らない人が多いと思っていた。驚いたな》
《実は私、小さい頃、海外で育ったのでほんの少し知識があっただけです》
様々な文化や宗教の中で育ってきたことが役立った。
《ネットで見てぜひ食べたかったのだ。ありがとう、美しい人。もしよかったら今第四夫人の座が空いているがどうかな?》
彼の言葉に驚いた。アラブ社会は女性を褒めることをよしとしない文化だからだ。
しかしこういってはなんだが、目の前の彼は海外でのふるまいに慣れているようだ。だから欧米の文化に合わせているのかもしれない。
お世辞だとわかっていても、スマートにお礼を言うのがこの場では正しいと判断した。
《ありがとうございます。すごく魅力的なお誘いなんですけど、私結婚しているんです》
《それは残念だな。日本も一夫多妻制にすればいいのに》
たとえそうなったとしても、私はやっぱりひとりの人と向き合いたいし、私だけを見てほしい。その相手はやっぱり律基がいい。
《私には日本の法律が合っているみたいです。どうか日本の滞在を楽しんでください

ね》

「ありがとうございます。助かりました」

無事に注文を受けたスタッフもほっとした様子で、私も安心した。

「お役に立ててよかったです。では、私はこれで」

レジではわざわざ店長さんがやってきて、お礼を言ってくれた。帰り際にはあの男性も手を大きく振ってくれていて、なんだか今日はすごくいい気分だ。

私にだって誰かのためにできることがある。自分が一歩踏み出せた、そんな気分だった。


その夜、帰宅した律基に就職について伝えた。

「ごめんね。相談もなしに決めて」

「問題ないさ。芽里の仕事なんだから、芽里が決めたらいい」

律基は私にぴったりの仕事だと、手放しで喜んでくれた。京子や律基がそう言ってくれると、そんな気がしてくるのだから不思議だ。

自分は案外乗せられやすい性格をしているのかもしれない。

服を着替えた彼が、私とお揃いのエプロンをつけてキッチンに立つ。

「お、上手に切れてるじゃないか。すごい成長だ」

今日はカレーを作ると聞いていたので、野菜だけ切っておくと宣言していたのだ。もちろん、材料は律基に確認をした。

「材料合ってるよね？」

「うん。最近は買い物もできるようになったし。偉い偉い」

まるで小学生を褒めるような態度だったが、そう言われても仕方ない。

一度魚の煮つけをするのに「カレイ」を買ってきてほしいと言われて、本来カレイの切り身を買わなければいけないのに、私は干物のカレイを買ってしまったのだ。

その日は結局そのまま焼いて食べて、それはそれでおいしかったのだけれど、失敗は失敗。

料理のセンスどころか、買い物すらもまともにできなかった私が、今包丁を使えるようになったのだから、すごい進歩だと自分でも思う。

「それとサラダ用のレタスも用意したの」

洗って手でちぎっただけのレタス。誰でもできることだ。

「いいじゃん、新婚の俺たちにぴったり」

「なんで新婚にぴったりなの？　料理が得意な奥さんだっているでしょ？」

私は彼の言葉の意味がわからなくて首を傾げる。

「あれ、知らない？　英語圏ではレタスだけのサラダを〝ハネムーンサラダ〟っていうんだ」

「初耳。でもどうして？　ハネムーンで食べるっけ？　サラダ」

そんな習慣が欧米であっただろうか。

「いやいや違うって」

私の言ったことがあまりにも見当違いだったのか律基が笑いながら説明してくれる。

「レタスだけ、レタスアローン。だからLet us alone＝ふたりきりにしてって意味になるんだ」

「何それ、初耳！　でもかわいい。たしかにそういう意味なら新婚さんにぴったりだね」

そんな意味があったなんて。思わず笑ってしまった。

「俺たちのハネムーンはいつになるんだろうな。仕事は嫌いじゃないけど、芽里ともっと一緒にいたい」

彼が私をそっと抱き寄せた。突然縮まった距離に胸がドキッとする。結婚はしているけれど、まだ彼に触れられるとそわそわしてしまう。

「たしかに忙しすぎだよね」

一緒に暮らし始めて外交官という仕事がどれだけハードなのか思い知った。朝早くから夜遅くまで。暦は関係なく日々難しい仕事をこなしているようだ。

「ごめん、結婚式もハネムーンも予定が立たなくて」

「ううん、いいの。私、こうやって一緒に台所に立っているのも新婚らしいって思うもの。律基は？」

「ん？　俺の奥さんがすごくかわいいって思ってる」

「もう！」

恥ずかしくて彼を肘でつついた。彼が楽しそうに声をあげて笑う。それを見ているだけでうれしい気持ちになるのだ。

衝撃的に恋に落ちて結婚を決め大丈夫だろうかと思ったこともある。

でも彼といる時間は穏やかで楽しい。彼といたいと思える十分な理由だった。

「じゃあ、作ろうか。腹減った」

「手伝うね。お鍋取ろうか？」

「あぁ、頼む。芽里は覚えが早くて助かるよ」

ふふんと得意げに胸を張った私の唇に、律基がチュッとキスをしてから料理が始まった。

手際のよい律基の料理姿を眺めながら、自分も早く彼に何かふるまえるようになりたいと思う。

そのとき彼がどんな反応を示すのか、今から楽しみだ。

こういうのを捕《と》らぬ狸《たぬき》の皮算用《かわざんよう》っていうのよね。

でもできるだけ早く彼を驚かせたいし、あわよくばおいしいって言ってもらいたいな。

そんなことを考えつつ、得意の洗い物で彼をサポートしていると、リビングでつけっぱなしにしていたテレビでニュース番組が始まった。大きなテレビなので、キッチンに立っていてもよく見える。

「あれ、ちょっと待って。律基じゃないの？」

まさかと思い、テレビに駆け寄る。ポーランドの要人《ようじん》が日本を訪問したニュースが流れており、その要人の隣に立っているのは紛《まぎ》れもなく律基だ。

「よく気がついたな。あんなに小さいのに。愛の力かな？」

「え、すごい。なんで？」

「肝心なところはスルーするんだな」

律基は特別驚いた様子もなく、料理の手を止めずに教えてくれた。

「急遽《きゅうきょ》、ポーランド語の通訳を頼まれたんだ」

「でも律基は今はオセアニアがメインだよね」

律基が今所属しているのは、アジア大洋州局大洋州課だ。なぜポーランドの大使と仕事に駆り出されたのだろうか。

「あんまり話せる人がいないから仕方ない。お互い英語でやり取りしてもいいんだが、微妙な言葉のニュアンスを読み取ることができた方が便利だからな。そんな感じでいつでもどこでも必要とあらば駆り出される。久しぶりにしゃべったからすごく疲れた。周りも俺のことなんでも屋だと思っているんだろうな」

彼はそんなふうに言うけれど、誰もができることじゃない。語学を操れるというだけでは、外交という大事な場面に駆り出されるなんてことはないだろう。

すごい能力を使って、本当に大変な仕事をしているんだ……。

律基のもとに戻り、私はなんだか申し訳なくなる。

「ごめんね。疲れているのに料理までしてもらって」

本来ならば、手料理のひとつでも作って笑顔で出迎えたいのに。彼に比べてできないことが多すぎて心苦しい。

落ち込む私を彼は元気付けてくれる。

「そんな顔するなって。これは俺の趣味。自分で作ったものを芽里に食べさせたいんだ。完全なる息抜き。そんなに申し訳なく思うならキスでもしてくれたらいいよ」

「お安い御用よ」

私は律基の頬を両手で包むと、ぐいっと自分の方へ引き寄せてキスをした。

外交官というものは、こんなにも忙しいのだろうか。律基と結婚するまで外交官という人たちは「海外の日本大使館や、外務省で働く」という漠然《ばくぜん》としたイメージしかなかった。

しかし律基の仕事は、本当に多岐《たき》に亘《わた》っているようで、家族であっても守秘義務があるので詳しい話は聞けないのだが、こちらが心配になるほど働いている。

どうやら律基は語学が有能らしく、そのうえあの人から好かれやすい性格もあいまって、何かにつけ仕事を頼まれるようだ。

『適当に手を抜いているから』と言うものの、私からすれば日々疲れているように見えて心配になる。

海外も安全な場所ばかりでない。危険がないと判断されていても、テロやクーデタ一等が起こらないとは言い切れない。

彼に何かあったらと不安になることもしばしばだ。立場上自分の身を一番に考えるわけにはいかない。海外においては滞在する自国民の安全を確保することが何よりも大切になってくる。

私ができることといえば、家を居心地いい空間にすること。いつも笑顔でいること、彼のリクエストに応えて、恥ずかしくても一緒にお風呂《ふろ》に入ることくらいだ。

今日も彼の要望に応える形で、湯船にふたりで並んで座っている。

最近は乳白色の入浴剤を入れることによって恥ずかしさを半減させる技を覚えた。

「入浴剤なんてなくていいのに」

律基は少々不満顔だが、私は知らないふりをする。

「疲れがとれていいじゃない。それにいい香りだし」

「そうかな。俺は芽里の匂いが一番好きだから、他はどうでもいいかな」

背後から私を抱きしめていた彼が、私の首筋に顔を埋めて大きく息を吸った。

「そんなに匂う？」

「ああ、すごく甘い匂い。だから俺に食べられても文句は言えないよな」

「んっ……」

彼は私の肩に優しく歯を立てたかと思うと、そこに舌を這《は》わせる。濡れた舌が素肌を這う感覚に、体がぞくぞくする。

「ねぇ、本当に食べないでよ」

「痛くはしないさ。でも加減はできないかも」

彼は話をしながらも、素肌を舌で刺激し続ける。そのせいで吐息も感じられてそれすら、私への刺激になる。

「い、いつも……してない……くせにっ」

なんとか変な声が出るのを我慢しながら反論する。

しかし彼はそれを面白がっているのか、今度は手まで不埒《ふらち》な動きをみせる。

「本当に芽里が嫌がることはしない。わかってるだろ」

「それは、そうだけど……」

こんなふうに明るい場所で触れられるのは、まだ恥ずかしいのに。きっと私がお願いするまで彼はここでの行為をエスカレートさせる一方だろう。

「ねぇ、律基。ここじゃなくて、ベッドに行こう」

後ろを見て彼に告げる。その声が自分が思ったよりもねだるような声で、恥ずかしくて顔が熱くなる。

「はぁ。俺の芽里はかわいいな。あぁ、ベッドで思い切り愛させてくれ」

彼は私の手を引いて、湯船から出た。

タオルを手に取った私からそれを奪い、私の体についた水滴を優しく拭ってくれる。こうやってかいがいしく世話をされると、自分が特別なものにでもなったような気がする。

「自分でできるよ」

「いいんだ。俺の楽しみを奪わないでくれ」

何が楽しいんだろうかと疑問に思わなくもないが、彼がそうしたいというなら私はそれ以上何も言わない。恥ずかしさと、大切にされているという誰に対してかわからない優越感に浸りながら、ベッドで彼の愛を受け入れた。

息を切らしながら愛し合う後に訪れる時間もまた、私にとっては幸せな時間だ。

おしゃべりな私たちは、お互いの話をよくする。今日の出来事だったり、過去の出来事だったり、思いついたまま話をする。

話題があちこち飛ぶがそれもまた楽しい。

そして時々彼が世界中で経験した話を聞くのが特に好きだ。

一番印象に残っているのは、カンボジアでの話だ。

日本はＯＤＡ――国際協力のための公的資金を使って発展途上国に学校を建設している。貧困層の多いカンボジアでも長い期間をかけて、多くの人々に教育が行き届くようにと継続して支援を行っていた。

資金を負担して後は現地の学校に任せることが多いが、律基は時間をかけて現地を訪問するのが好きだった。

宮崎さんと出会ったのもその学校だと聞いている。

その話の中で律基が語った言葉が素敵だった。

「学校に行くとさ、子どもたちが笑顔で出迎えてくれるんだ。一生懸命《いっしょうけんめい》習いたての日本語で歓迎してくれて。それこそが俺たちがやっている仕事の成果なんだって思うと誇らしかった」

穏やかな表情で語る彼に、私は目を奪われた。

「たしかにささやかな成果だけれど、今の俺の仕事に対する考えを作るには十分だった。ずっとさ、小さい頃から人の笑顔が好きだったんだ。だから世界中の誰かを笑顔にするのが自分の使命だと思っている」

世界規模の人を幸せにしたい。彼の思いは大きくて強い。

「外交っていう国同士のやり取りを通じて、お互いの国の国民を笑顔にする方法があると思う。信頼関係を作り、話し合うことで、色々な国の人の笑顔を守るのが俺の仕事だと思ってる」

少し恥ずかしそうにしている彼が新鮮だ。だけどそれが魅力的に見える。とてつもなく大きな夢だと思う。でも彼ならそれをやってのけそうだ。

根拠があるわけではないし、好きだからそう思うのかもしれない。でもきっと彼のまっすぐな気持ちが、みんなに届くと思えるのだ。

まぶしい人だと思う。何かを成《な》し遂《と》げるために、一生懸命な彼が素敵だ。

将来はまたODAに関わる仕事がしたいと言っていた。

そのときのために、私も少しは勉強しておかないと。難しい話はわからなくても、彼の仕事を少しでも理解したいとそう思ったのだ。

これは彼のためじゃなくて、自分のためだ。立派になっていく彼の隣にいて恥ずかしくない自分でいたい。

彼とは出会ったその日に急速に心が惹かれた。一度はあきらめたけれど、それでももう一度出会えた私はその奇跡に心から感謝している。

彼がくれる愛情を、少しでも返したい。彼には私を選んでよかったと言ってもらいたい。

決して無理をするわけじゃない、少しだけ背伸びをしてそれを続けていく。彼のそばならそれができる気がした。

とはいえ、やっぱり働きすぎなのは気になるのだけれど。

今週も彼はふたりが出会ったオーストラリアに出張している。

海外出張が多くひとりで待つのは寂しいだろうと結婚する前は思っていたけれど、実際はわりと忙しく過ごしている。

それは仕事をしているおかげだ。京子に紹介してもらってよかった。

よねざわ音楽教室ではレッスンの内容は講師の裁量《さいりょう》に任されている。私は生徒さん自身の求めている音楽が何なのかを話し合って、一緒に目標に向かうことを第一としていた。

生徒ひとりひとりと向き合い、サポートするのはとてもやりがいのあることだった。いい生徒に恵まれて、なかなか順調なすべり出しをしたと思う。

明日のレッスンの用意を終わらせて、まだ時間があったので私は小さい頃から使っている書道用具を部屋から持ってきてダイニングに広げた。

これは書道家である母のおさがりで、プロの母が使っていたものなので品はよいものだ。久しぶりに使うので、状態を確認したが問題なさそうだ。私は墨と紙を用意して内容を考える。

母親の見よう見まねであるが、毛筆は得意だ。母が書道家だったおかげで、海外生活は長かったけれど日本語の読み書きは問題なかった。

書道に関しては母のお墨付きをもらっているので、少し自信がある。

私が今、目の前にある真っ白い紙に書こうとしているのは、結婚のお祝いをいただいた方へのお礼状だ。

急な結婚かつ両親もお互い海外にいるということで、式や披露宴は当面行わないことにした。律基は少し気にしていたけれど、私はできるときがきたらそのときでかまわないと思っている。それに海外挙式なんかも素敵だな、なんて話をしていて、想像する楽しみがあるのでこれはこれでいい。

私は京子を含め仲のいい数人に知らせ、律基も職場や知人に結婚の報告をしたようだ。

数人からお祝いをいただいて、私の知人に対してはすべてお礼の手配をすませたものの、律基はいかんせん自宅どころか国内にさえいないことも多い。

ここは私の出番ではないのかと『お礼の品送っておくよ』と言うと、両手をぎゅっと握って感謝された。

そもそも夫婦にいただいたお祝いなのだから、私が手配するのは別に感謝されるようなことじゃないのだと今になって思う。

それでもそれを、夫婦なんだからとあたり前に思わないのは彼の素敵なところだ。

「内容は無難な方がいいな。文章考えるのはあまり得意じゃないし」

姿勢を正して、筆に墨をふくませる。それから思いを込めて手紙をしたためた。

これは母の持論《じろん》なのだけれど、毛筆が一番気持ちが表れるらしい。だから伝えたい気持ちを込めると、いい筆跡になるのだと。

それが真実かどうかはわからないけれど、そうであればいいと思い、祝福への感謝の気持ちを込めて筆を走らせた。

久しぶりに筆を手に取った。集中しているとあっという間に時間が過ぎる。私自身は会ったことのない人たちだが、律基の大切な人たちだと思うと自然と心が籠もった。

お礼の品とともに、手紙を添えて感謝の気持ちとともに送る手配をした。

それから三週間ほどして、六月に入った。毎日曇天《どんてん》が続き、今日も今にも雨が降り出しそうな空模様だ。日本の四季は素晴らしいと思うけれど、この梅雨《つゆ》の時季独特のじめじめだけはどうしても好きになれない。

そんな私が今向かっているのは、律基の職場の近くにある定食屋さんだ。そこで彼とランチを食べる約束をしている。

今日の夕方の便でニュージーランドに出張らしい。本来ならば一度帰宅して出張の準備をするのだが、その時間すらないらしく……私が代わりに必要なものを用意して彼に届けることになったのだ。

激務すぎて心配になる。本人は気力も体力も人よりあると言っているけれど、知らない間に疲れは溜まるものだ。

もう少し結婚生活が長くなれば、妻という立場でサポートできることが増えるのだろうけれど、今は彼に頼まれたことをするくらいしかない。

彼に指定された場所に到着した。紺色の暖簾《のれん》がかかっておりそれをくぐるとすでに彼がテーブルに座って待っていた。

「ごめんね、遅くなって」

忙しい彼を待たせてしまって、申し訳なく思う。

「いや、約束の時間までまだあるだろ。俺が芽里に会いたくて早く来ただけだから気にしないで。それに無理を言ったのは俺だし。芽里何食べる？　俺はサバのみぞれ煮」

「じゃあ、私も一緒のがいいな」

「了解、すみませーん」

律基のよく通る声で注文した後、食事がくるまでしばしふたりで話をする。

「忘れないうちに渡しておくね。これ」

ボストンバッグを差し出すと、律基は申し訳なさそうに受け取った。

「急に、悪かった。面倒かけたな」

「ううん。自分が律基の奥さんって感じがしてなかなか楽しかったよ」

「そうか、それならよかった」

私の言葉に律基が笑っている。この笑顔とも二週間ほどお別れとなると、やっぱり少し寂しい。

「律基が私に用事を頼んでくれたから、出発前に会えてよかった」

「俺も、芽里の顔を見られたから二週間どうにかがんばれそうだよ」

柔らかく笑う律基の顔に、私も自然と笑顔になった。

「いらっしゃいませ～」

店内に店員さんの元気な挨拶が響いた。ビジネスパーソンらしき男性と女性が暖簾をくぐって入ってきた。

そのふたりがこちらに向かって歩いてきて、律基の背後から彼の肩をポンっと叩いた。

「蕗谷、みっけ」

「鶴岡《つるおか》？　それに寒河江《さがえ》も」

どうやら律基の知り合いのようだ。

そういえば、結婚祝いをいただいた方の中にお名前があったような気がする。

ふたりの視線はすぐに私の方へ向いた。

「ランチデート中にお邪魔します。俺はこいつの同僚の鶴岡で、こっちは寒河江」

鶴岡さんに紹介された女性が、肩までの栗色の髪を耳にかけながら頭を下げた。

「はじめまして」

「は、はじめまして」

女性相手にドキドキしてしまうほど、色っぽい仕草に思わず言葉が詰まってしまった。

「なぁ、蕗谷。俺たちも一緒に飯食っていいか？」

「ダメだ」

「え～いいだろ、俺も噂《うわさ》の芽里ちゃんと仲よくな～り～た～い」

拒否する律基に対して、鶴岡さんは駄々っ子《だだこ》のように体を揺すっている。

それを見た律基は、呆れたようにため息をついた。

「悪い芽里。こいつらも一緒でいいか？」

「うん。もちろん」

もともとテーブルは四人掛けだ。向かいに座っていた律基が私の隣に移動すると、彼の前に鶴岡さんが、私の前に寒河江さんが座った。

「ありがとう、芽里ちゃんは優しいな」

「気やすく呼ぶなよな」

「いいじゃないか。ね～」

同意を求められた私は、その陽気さに思わず笑ってうなずいてしまった。

「ほら、いいって言ってる」

「こいつの言うことなんか聞かなくていいのに」

不満そうにグラスの水を飲む律基が新鮮だ。普段彼は仕事仲間とこんなふうな空気感で話をしているのだ。

「本当にごめんなさいね。うるさくて」

寒河江さんが眉を少し下げて謝った。

「いえ。彼が職場でどんな感じなのか、わかってうれしいです」

私が寒河江さんとやり取りしているうちに、鶴岡さんがふたり分〝いつもの〟と注文をすませていた。どうやらここは職場の人にはおなじみの店らしい。

そうこうしていると、先に注文をすませていた私と律基の前にサバのみぞれ煮定食が運ばれてきた。

「冷めるといけないから、お先にどうぞ」

「言われなくてもそうするさ」

鶴岡さんの言葉に、律基は箸をとった。

「では、お先にいただきますね」

手を合わせてから食べ始める。そこで少し緊張した。実はあまり箸を使うのが得意ではなく、魚を食べるのが特に苦手だ。

律基はそのことをすでに知っているので、気にせず魚料理を注文したけれど、想定外の初対面の人たちの前で食べるのは少し勇気がいる。

ちょっと緊張しながら箸を進めていると、鶴岡さんは私に興味津々《きょうみしんしん》のようであれこれ質問してきた。

「律基との結婚生活はどう？」

「最高だよな、芽里」

「うん。そうだね」

私が答える前に、律基が返答してしまう。鶴岡さんはそれが不満げだ。

「蕗谷に聞いてない。お前が幸せなのは、奥さんの話をするときのデレデレ顔で理解しているつもりだ」

「デレデレしてるの？」

私が聞くと、律基はばつが悪そうに頭を掻いた。

「そんなつもりはないんだが、みんなにそう言われる」

なんだか胸がくすぐったくなって、笑ってしまった。

「ふ〜ん、本当にラブラブなんだな。いや、こいつここ数年は全然女っけなかったのにいきなり結婚したから、相手はいったいどんな子なんだろうって、職場でみんな噂してたてね」

そんな噂になっていたなんて知らなかった。

「こいつがあまりに出し惜しみするから本当に実在するのかすら怪しいと思っていたんだけど、本当にいたんだね」

「はい、ちゃんといますよ」

まるで珍獣のような言い方をする鶴岡さんがおかしくて、笑ってしまった。

「鶴岡の言い方だと、俺が想像上の嫁をもらって周囲に自慢する怪しいやつみたいじゃないか」

律基が不満げに鶴岡さんを睨んでいる。

そうこうしているうちに、後から注文したふたりの料理がきて、食事をしながら会話を楽しんだ。

寒河江さんが鶴岡さんの話は大げさでないと援護《えんご》する。

「本当にどんな人なんだろうねって、みんなで噂してたのよ。蕗谷君、写真すら見せてくれなかったんだから。あ、そうだ芽里さん――て呼んでもいいかしら？」

「あ、はい」

私がうなずくと寒河江さんは話を続けた。

「芽里さんも海外生活の経験があるって聞いていたんだけど、どこに住んでいたの？」

丁寧な口調の寒河江さんは接しやすく、私は質問されるがまま答える。

「高校生になるまでは、父の仕事の都合であちこち転々としていました」

「そうなんだ、大変だったわね。でもそんなふうに見えないわ。お礼状もわざわざ筆使ってたでしょ？　すごいわよね」

寒河江さんに言われてあらためて気がついた。

そういえば、鶴岡さんも寒河江さんも職場の人とは別に個人でもお祝いを贈ってくれていた。

「あ、その節《せつ》はありがとうございました。直接お会いしたのに、お礼をお伝えするのが遅くなってしまって」

そこまで頭が回っていなかった。

「いいのよ、心ばかりのものだから。気に入ってくれたならそれで」

「本当にありがとうございます」

もう一度お礼を言うと、鶴岡さんも寒河江さんもにっこりと笑ってくれた。

「毛筆は母が書道を生業《なりわい》にしているのでその影響で人より少しできるってだけです」

真剣に習ったものではないので本当に〝そこそこ〟なのだ。だから気持ちを込めることで、なんとかそれなりにならないかという思いでいつも筆を持っている。

「俺の芽里はなんでもできるからな」

なぜだか律基がうれしそうにするので、私は隣で呆れてしまった。本当はできないことの方が多いのに。

「いいなぁ。蕗谷だけかわいい奥さんがいて。俺もせめて彼女が欲しい」

鶴岡さんが大げさに肩を落としてみせる。

「日頃の行いのせいだな」

律基の勝ち誇ったような顔に、鶴岡さんは不満げだ。

「いや、本当にうらやましい。英語が適度に話せて海外生活の経験がある子、ずっと探していたもんな。しつこく上司に見合いを何件も勧められてうんざりしていたからなぁ。そんなときに都合いい子が見つかるなんて、本当に日頃の行いがよかったんだろうな」

鶴岡さんが何気なく言った言葉が、私の胸に突き刺さった。

――〝都合いい子〟が見つかった。

私は律基にとって、都合よく見つかっただけの存在だったのだろうか。

胸がズキンと痛んだ。思いのほか衝撃が大きくて、食事の手が止まってしまった。

しかし鶴岡さんの言葉が続く。

「どこかにいないかなって言っていたもんな。条件に合う女の子」

「鶴岡君！」

「鶴岡」

見かねた律基と寒河江さんが、鶴岡さんを止めた。そこで彼は初めて自分の発言に私が動揺しているのに気がついたようだ。

「え、ごめん。いやそういうつもりじゃなかったんだ、本当に」

鶴岡さんが慌てて平謝りしている様子からも、悪気があったわけじゃないというのは理解できた。

「芽里。鶴岡は無神経というか、言葉を知らないというか、空気が読めないというか、こういうところがある男なんだ。だが悪いやつじゃないから許してやってくれ」

律基も隣から私の様子を窺っている。

彼がかばうのだから、鶴岡さんに悪意がないというのは本当のことなんだろう。それならば、いつまでも引きずるべきじゃない。

「え、嫌だな。気にしないでください。こういうのって日本語で渡りに船っていうんですよね。よかったね、律基は私みたいないい子と結婚できて」

重くなったその場の雰囲気を変えようと、わざと明るくふるまってみせた。

「いや、そうだよ。蕗谷がうらやましいって話」

「鶴岡、お前はもう少し言葉を選んで話をしろよな」

律基が鶴岡さんを睨むと、彼は頭を掻きながら申し訳なさそうにしている。

「本当に失礼な言い方をした。すみませんでした」

鶴岡さんはもう一度私に丁寧に頭を下げてくれた。本当に深い意味などない発言なのだろうと、私も理解している。

「そんなに、謝らなくていいですから。早く食べないとせっかくのおいしい食事が冷めちゃいますよ」

私の言葉にそれぞれがお箸を動かし始めた。

しかし気まずく思ったのか、鶴岡さんが思い出したかのように話題を変えた。

「寒河江は最近どうなの、婚約したのって結構前だったよな」

突然話題を振られた寒河江さんが困った顔を見せた。

「それが……色々と問題が出てきてしまって。別れたいんだけど向こうが納得してくれなくて」

「あ、悪い。そうだったんだな」

またもや気まずい話題を選んでしまった鶴岡さんが申し訳なさそうに眉を下げた。

「いいのよ。ずっとひとりで悩んでいたんだけど、これからは相談に乗ってもらうことにする」

寒河江さんの言葉に鶴岡さんが目を輝かせた。

「あぁ、話ならいくらでも聞くからな」

「頼もしいわ。でも私が悪いのよ。本当に好きな人は別にいるって気がついたから」

なぜだか寒河江さんは、私の方に視線を向けている。違和感が残ったがすぐに律基の声にかき消された。

「鶴岡、お前は本当にデリカシーのかけらもないな。少しは話題を考えろよ」

「ほんとごめん。ここは俺におごらせて」

「当然だ。芽里も寒河江もデザートまで食べような」

「そんなぁ」

情けない声の鶴岡さんだったが、その場の雰囲気はなんとか持ち直した。

それからは気を遣《つか》った律基がこれ以上気まずくならないように会話を進めてくれたので、私はみんなの話を聞きながら時々笑みを浮かべたり、相槌をうったりしているだけで時間が過ぎていった。

ただ心の中では、さっきの鶴岡さんの言葉が引っかかっている。

食事を終え会計をすませて外に出る。律基は私が準備したボストンバッグを手に鶴岡さんと寒河江さんと一緒に職場に戻っていった。

「じゃあ、行ってくるから」

と、短い別れの言葉だけを残して。

談笑しながら歩いている三人の背中を見送る。その光景に疎外感を持ってしまう。私の世界の中に律基がいない場所があるように、私の知らない律基の姿があるのもあたり前だ。

理解はしているのに、どうしてこんな気持ちになってしまうのか。

答えはわかっている。鶴岡さんの『都合いい子』という言葉が引っかかっているからだ。悪気のない言葉だし、十分な謝罪もしてもらった。だからみんなの前では平気なふりをしていたけれど、やっぱり考えてしまう。

たとえ出会いがどうだとしても、彼が私を大切に思ってくれているのは間違いない。妻として十分に尊重されている。

ただ不安になるのは、私をかわいいと言ってくれたが、はっきりと告白された記憶がないのだ。

あくまで軽い感じで好きだと言われたことはある。だけど真剣に告げられたことはない。

結婚までしておいて、今さら何を言っているのだと思われそうだが、そこが気になる。こんなこと気にしている私がおかしいのだろうか。

LOVEかLIKEだとしたら、LIKE寄りなのかもしれない。

好きの種類や程度なんて人それぞれだ。夫婦だからって必ずしもその熱量が同じというわけではない。

だから気にしなくてもいい。私が律基の妻であるという事実は変わらないのだから。出会う前のことまで、悩んだって仕方がないのに。

自分の中の消化できない気持ちを、ため息に変えて、駅に向かって歩き出した。あいかわらずの曇り空が、まるで自分の気持ちとリンクしているようだった。

ランチの前には、出張前に律基に会えてうれしいと思っていたのに、蓋を開けてみればこんなどんよりした気持ちになるなんて思ってもいなかった。

「はぁ」

ひとつ大きなため息をつきながら、駅までの近道である路地に入った瞬間、誰かに肩をぐっと掴まれた。

「きゃあ！」

「芽里、驚かせてごめん」

振り返るとそこには、額にうっすら汗をかいた律基が立っていた。息が弾んでいる様子から、ここまで走ってきたのがわかる。

「な、何!? どうしたの？」

いきなり現れた彼に、驚いて声をあげる。

「芽里が気になって、引き返してきた」

彼には私の気持ちが不安定になっているのがわかっていたのだ。だからこうやって走って来てくれた。そんな彼にどうしようもなく胸がときめく。しかしさっきの話を聞いたせいか、気持ちを知られたくなかったので、必死に冷静を装った。

「律基……仕事大丈夫なの？」

「問題ない。それに今は芽里の方が大事だから」

帰宅して出張の準備をすることすらできないほど忙しいはずだ。けれど彼は私とのランチの時間を取り、そして今も心配だからとここにいる。

私を思ってくれているのは言葉からも行動からも疑いようがない。それなのに醜い気持ちを抱いてしまった自分が嫌になる。

汗をにじませながら私の顔を覗き込む彼を見ていて、なんで私はこんな誰のためにもならない意地を張って、自分の気持ちを知られるのを怖がっているのかと思う。

気がつけば私は、律基に抱きついていた。

「め、芽里？」

彼は戸惑いながらも、私を受け入れてくれた。言葉もなくただ彼の背中に腕を回す私を抱きしめ返してくれる。

「不安にさせてごめん。たしかに上司からの見合い話に嫌気がさしていたのは事実だけど、芽里のことを都合がいいと思ったことなんて一度もない」

私は彼の気持ちを疑っていないと伝えるために、何度もうなずいた。都合がいいだけなら、ここまでしてくれない。

「芽里とのことは、運命だと思ってる」

私の耳元で囁いた彼は、私の二の腕を持ち少し距離をとった。

「俺の気持ち伝わってる？」

「うん。律基が私を大切にしてくれているのはわかった。私のためにありがとう」

「違う、芽里のためじゃない。俺が誤解されたまま二週間も芽里に会えないなんて耐えられない」

彼が私の頬に手を添えて、上を向かせた。こちらを見ている彼と目が合う。彼の唇が落ちてきて、私は目を閉じた。

唇が離れたときには、私のもやもやは綺麗さっぱりなくなっていた。

「いってらっしゃい」

晴れ晴れとした気持ちで伝えることができた。

私の笑顔を見た彼は、ほっとした表情になってもう一度私をぎゅっと抱きしめると、またボストンバッグを抱えて路地から大通りに出て歩き出した。

人混みの中、器用に人を避《さ》けながら、こちらを振り返って大きく手を振る彼に、私も思い切り手を振り返した。

雲の合間から差し込む太陽の光があたりを照らしていた。


生徒と向かい合う時間は、自分にとって有意義な時間だ。これまで自分の音楽だけに向き合ってきた私が、誰かの理想とする音を一緒に追い求める作業は、骨が折れるけれど自分自身の成長にも繋がっている。

「ここは、こんなふうに流れるような感じがいいと思うのだけれど」

「なるほど、え～と。こうですか？」

生徒さんが私のアドバイスを聞いて、さっそく演奏してくれる。

「ちょっと違うかな、もう一度やってみて……あぁ、そうそう！」

目の前の生徒の演奏がうまくいくと、拍手をして喜んだ。

「なるほど～こう弾くのか」

今成功した箇所を何度も弾いて練習している。

こうやって少しずつ自分の納得する音に近づいていく姿は見ている方もうれしくなるものだ。

今日の生徒さんは、主婦の方だ。子どもが幼稚園に行っている間に、昔習っていたバイオリンを再開したいと思い、ここに通い始めたと言っていた。

家で練習することもできるが、それだと気がつけば家事をしていたりしていつの間にか練習時間がなくなってしまう。だから週に一回のレッスンを受けることで、その日を目標に自宅でも空き時間に練習できるようになったそうだ。

「先生、次はここなんですけど」

「うん、ここね。もう少し伸びやかに弾くと次の音に入っていきやすいと思う。それともうひとつ、最初の音を大事にしてみて」

私のレッスンは、生徒さんと一緒に曲を仕上げていく。技術を磨くことに重点は置いていないが、それを求めている人にはおおむね好評のようだ。

「では、ここまでにしましょう。今日はこのまま娘さんのお迎えに行くんですか?」

「はい、その予定です。そしてここにまた戻ってきます。今日は娘のピアノのレッスンがあるので」

親子で同じ音楽教室に通っているなんて、ちょっと楽しそうだ。ただ自分のレッスン終わりに幼稚園のお迎え、その後子どものレッスンにつき合うとなるとかなりタイトスケジュールだ。

「それは大変ですね。聞いているだけでも忙しそう」

世の中のお母さんたちには、頭があがらない。

「忙しいからこそ、このレッスンの時間がとてもいい息抜きになっています」

「そうですか、よかった」

私の受け持つ生徒さんは、老若男女《ろうにゃくなんにょ》それぞれだ。最初はバイオリンだけの予定だったが、依頼があればピアノも教えている。

みんな音楽に求めるものは違う。私が音楽をやっているときに学んだことだ。様々な人と触れ合うことで、私はあらためて音楽と向き合うことの楽しさを実感していた。

生徒さんを見送って、教室を片付ける。今日の私のレッスンはこれで終わりだ。いつもならのんびりと片付けをするのだけれど、今日は急いでいた。律基と二週間ぶりに会えるからだ。

出発前にちょっとした事件があったが、ちゃんと彼は私を安心させて出発してくれた。それでも部屋にひとりだと寂しくて、彼の帰りを指折り数えて待っていた。

ひとりでどこにでも行けるし、なんでもできる。ずっとそう思っていたのに、律基と結婚して私は少し弱くなったのかもしれない。

最終チェックとして周囲をぐるっと見回していると、見学用のガラス張りの壁の向こうに知った顔を見て驚いた。

「律基！」

ガラスの向こうでは彼が、笑いながら手を振っている。私は慌てて外に出て、彼のそばに駆け寄った。

「こんなところまで、どうしたの？」

「芽里を驚かせようと思って黙って来た」

「驚いたよ、めちゃくちゃ」

「よかった。大成功だな」

彼の手元にはスーツケースがあった。空港からここまでまっすぐ来たのだろう。

「今日はもう、帰れるの？」

「うん、おしまい。律基が帰って来るからこの時間に終わるようにしていたの」

さすがに職場なので、感情を抑えているが、喜びでぴょんぴょん飛び跳ねたい気持ちだ。

「芽里の職場を見てみたかったんだ。よかった、入れ違いにならなくて」

彼は興味深そうに、ガラス窓から教室を覗いている。

「ここで芽里先生がレッスンしてるんだな」

「先生って……」

生徒にそう呼ばれることも多いが、律基に言われるとそわそわしてしまう。

「俺もここで芽里にレッスンされたいな。優しく教えてくれる？」

「練習しない生徒には、厳しいよ」

私が軽く睨むと、彼は楽しそうに笑っている。

「新しい生徒さんなら、大歓迎ですよ」

ふたりの背後から声がかかった。振り向くとそこには京子が立っていた。

「ごめんね。少し騒がしかった？」

「ううん、今はちょうど空き時間だから気にしないで」

そう言いながら、京子は好奇心いっぱいの目を律基に向けている。目は口ほどにものを言うとはよくいったもので、早く紹介しろと催促《さいそく》されているようだ。

「京子。こちらが私のあの……旦那様です」

なんとなく恥ずかしくて〝旦那様〟の言葉をためらってしまった。

紹介された律基は、よく通る明るい声で京子に挨拶をしている。

「はじめまして、京子さん。蕗谷律基です。妻がいつもお世話になっております」

彼は丁寧に京子に頭を下げた。

「こちらこそ、芽里にはこちらのレッスンを引き受けてもらえて助かってるんです」

にこやかに話をするふたりを見て、ほっとする。

ふたりとも私の大切な人なので、仲よくしてもらえるとうれしい。第一印象はお互いなかなかよかったのではないかと思う。

「いやぁ、芽里からはイケメンだって聞いてはいたんですけど、まさかこんなにかっこいいなんてびっくりです」

「俺のことイケメンだって話をしたの？」

まさかそんなことまで本人を目の前にしてばらされると思っていなくて、恥ずかしさから身の置き場がない。

「え……いやぁ……まぁ。うん」

隣でからかうように笑う律基がうらめしい。

「そっか、芽里は俺をイケメンだと思ってたんだな」

「ちょっと、そんなうれしそうな顔しないで」

私は肘で隣にいる彼をつついたが、まったく気にしていないようだ。

そんな私たちのやり取りを見ていた京子が優しくほほ笑んだ。

「よかった。芽里のことをちゃんと理解してくれる人が現れて。ふたりを見ていると息がぴったりで安心しました」

私への京子の思いが伝わって、感動で胸がきゅっとなる。

「ありがとう、京子」

私の言葉に彼女は小さくうなずいた。大学からは別々の道を歩んでいるけれど、私のそばにいつもいてくれた。ただ一緒にいてくれるだけで、こんなにも心強い友人は他にはいない。

「あ、そうだ。もしよければ楽器に興味のある方がいらっしゃったら、こちらを渡してくださいませんか？　ぜひぜひ、お子様の情操《じょうそう》教育や大人の新しい趣味に音楽はぴったりですから」

チラシを手に取り、律基に渡している。そのあたりはさすが経営者の娘。ぬかりがない。

「はい。ぜひそうさせてもらいます。芽里を見ていると音楽がそばにある生活っていいなって思えるようになったので」

律基に視線が向けられて、

「あらら、ごちそうさまです。では、私はこれで。芽里は週明けにね」

「うん、お疲れさま」

去っていく京子に軽く手を振って、私は律基とふたりで教室を後にした。

駅に向かってふたり並んで歩く。

ゴロゴロとスーツケースを引きながら、タクシーが拾える大通りまで出る。

「今日は来てくれてありがとう」

隣に律基がいるだけで、うきうきしてしまう。

「ううん、俺が見たかったんだ。芽里の職場も京子さんも。芽里には芽里の繋がりがあるだろうけど、それを理解していたいと思うから。俺もなるべく、一緒にいない間に起こったことも話せる範囲で話すつもりだし」

私が感じた疎外感のようなものを、取り除くためにそう言っているのが伝わってきた。

いくら夫婦で仲がよくても、すれ違いはつきものだ。

けれど律基は、問題が出てきたときに常に最善の方法を選ぼうとする。できるだけ気持ちが軽くなるように考えてくれているのだ。

「ありがとう。私、律基のそういうところが大好き」

自分から腕を絡めてぎゅっとしがみつく。おそらく歩きづらいだろうに、彼は私に好きなようにさせてくれた。

「俺も芽里が好きだよ。あ〜あ、実は来週も出張になりそうなんだ。なんで新婚なのにこんなに離れ離れにならないといけないんだよ」

彼はうなだれつつ文句を言っている。

真剣な告白がなかったことに、くよくよしていたのがくだらなく思える。こんなに大切にされているのに、言葉がないくらいで彼の気持ちを疑うのは間違っている。

「お仕事だから仕方ないとは思うけど、でも私も寂しいよ。律基と一緒に眠れなくて」

彼がいない日々、一番孤独を感じるのは夜ベッドでひとり眠るときだ。夜中にふと目を覚ましたときに、無意識に彼の気配を探してしまう。そしていないとわかると途端に寂しくなるのだ。

「そんなかわいいこと言うなよ。じゃあ、明日の休みはふたりでずっとベッドにいようか」

「え、明日お休みなの？」

うれしくて彼に回していた手に力が籠もる。

「あぁ、さすがに働きすぎだからな」

「うれしい、何する？　どこに行く？」

思わずテンションがあがってしまった私を、彼が引き寄せる。

「とりあえずは、満足するまで芽里を抱かせてほしい」

耳元で囁く甘い言葉の効果が絶大で……私は危うくその場で膝《ひざ》から崩れ落ちそうになった。

第四章

こんなに締め付けるなんて、途中で息ができなくなるかもしれない。

大げさでもなんでもなく、今まさに生命の危機を感じている最中の私は、後ろにいる女性に声をかけた。

「あの……もう少し緩くできませんか？」

「苦しいですか？　でも慣れますのでもう少し我慢してくださいね、ねっ」

「ぐわっ」

よりいっそう強く帯を締められた私は、情けない悲鳴をあげた。

都内の一等地にある呉服店。律基のお義母《かあ》さまの紹介で訪れた私は、薄い鳥の子色で橘《たちばな》が描かれた着物を身に着けている。

お義母さまから「一枚持っていると便利だから」と結婚を機にプレゼントされたものだ。

お義母さまは商社の駐在員の妻として、かなりやり手だったようだ。海外でのふるまいやもてなしの仕方を熟知しており、私は今回のピンチにお義母さまを頼ったのだ。

ことの始まりは二週間前だった。まもなく梅雨が明けるという七月後半。それは突然だった。

「私が接待に同行⁉」

思わずすっとんきょうな声をあげた私を、律基は面白そうに見ている。

「接待っていうか、ドバイから来る大使が、芽里に会いたいって」

「意味がわからないわ。ちゃんと説明して」

どうして一面識もない相手が、私に会いたいだなんて言い出したのだろうか。

「二週間後に、ドバイから大使が来る。ただそれは非公式なものでいわばお忍び。その人、日本が大好きで、たしか五月にも日本に滞在していたはずなんだ」

なるほどプライベート。律基の顔の広さに驚く。

「もしかして世界中の大使と知り合いなの？」

「まさかいくら俺でもそれはない」

自分でも顔が広い自覚はあるみたいだ。

「俺が結婚したって言うのを聞いて相手が見たいって言い出したんだ」

「ドバイって……律基の担当はオセアニアでしょう？」

外交官は基本的に一定の地域を担当することが多い。彼は私たちが出会ったオーストラリアなどを担当しているものだと思っていたのに。

「最初は国際協力を主とする部署にいたんだ。だけど、オセアニアの担当が病気で休職したのをきっかけにシドニーに赴任した。そう思えば、俺たちの出会いって本当に奇跡だよな」

うれしそうに顔を覗き込んできて、うっかりほだされそうになる。しかしその手には乗らない。

律基はけむに巻くのがうまい。気がつけば会話はいつも彼のペースになっている。しかし私だって成長しているのだ。簡単に丸め込めると思ったら大間違いだ。

「ダメよ、ごまかさないで。だったらなぜドバイの大使なの？」

「接待ってそんなたいしたものじゃないんだ。大使が個人的に会いたがってるだけ。昔仕事で世話になってね」

それでもやっぱり腑《ふ》に落ちない。そもそも会いたがっていること自体が〝なぜ〟なのだ。

「だからなんで律基が、ドバイの大使とお仕事しているの？」

「そうだよな。俺って本当に都合よくこき使われているんだよな」

あっけらかんという彼に、これ以上聞いても無駄だということがわかった。それと同時に、私の旦那様はものすごく仕事ができるのではと思い始めた。

政治の中心に外交がある。国家間のやり取りだから、そうとうな細かい駆け引きがあるに違いない。

各国の大使と渡り合い、また政策の企画や立案など国内にいても忙しそうだ。大きな会議のあるときなど、夜通し働いている。

そんな中、外国の大使に名前を覚えてもらい名指しされるとなると、彼がどれだけ仕事で成果を出してきたのか予想できた。

失敗できない。でも断りたくない。

彼のために何ができるだろうかといつも考えている。同席することで彼の役に立つならば、やってみようではないか。

「不安だけど……がんばるね」

私がレッスンをしている教室を、彼が見に来てくれたとき単純にうれしかった。自分の仕事を理解しようとしてくれているその姿勢に感激したのだ。

律基の仕事がそう簡単に理解できるものではないのはわかっている。私に話せないことも多いだろう。

しかし今回彼は私の同席を求めている。それは彼が私に仕事を見せてもいいと思ったからだろう。

母や義母を見ていると、私も彼と一緒に海外で生活をする日がくる可能性がある。そのときになって、急に焦らないように今からそういう場に慣れておく必要があるだろう。

「芽里が嫌なら、無理にとは言わないけど」

「いいえ、行きます」

きっぱり言い切った私は、緊張と同時に彼の世界が覗けると少しわくわくする気持ちもあった。

あったの……だけれど。

まさかこんなに着物が苦しいなんて。

初めて彼の妻として公《おおやけ》の場に出る。しかし知識も作法もいまいちの私は、相手に少しでも楽しんでもらえるように着物を着ることにしたのだけれど。

「最近では、ほとんどみんなお着物をお召しにならないから最初は窮屈《きゅうくつ》に感じるかもしれません。ですが時間が経てば慣れてきて平気になるように着つけていますので、私を信じてください」

年齢は六十近いだろうか。呉服店の女将《おかみ》さんのご厚意で当日着付けをしてくれることになった。お義母さま御用達の呉服店なので、何かと融通《ゆうずう》を利かせてもらったのだ。

「はい。信じます」

私の返事に気をよくしたのか、もうひと段階ぎゅっと帯をきつく締められた私は、今度はカエルのつぶれたような声を出すのを我慢した。

苦しい苦しいとそればかり気にしていた私は、できあがりを姿見で確認して自分の姿に自然と笑顔になった。

鏡の中には普段とは違い、楚々《そそ》としたそれなりの私がいた。

「素敵だよ、芽里」

鏡越しに褒めてくれたのは、もちろん律基だ。まもなく約束の時間になるので迎えに来てくれたらしい。

「本当に？」

「あぁ、芽里のための着物みたいだ。本当は俺が見立ててあげたかったけど、こればっかりは母さんに感謝だな」

感心したようにうなずく律基も満足げだ。

「本当によくお似合いですよ」

着付けを担当してくれた女将さんにも太鼓判《たいこばん》を押してもらえてほっとする。

鏡に映る自分をもう一度確認する。帯でぎゅっと締められたというのもあるだろうけれど、いつもよりも背筋がしっかり伸びている。着物を身に着けたおかげで、所作《しょさ》が綺麗に見えるのは気のせいだろうか。

母は書道家という仕事柄、パフォーマンスの一環《いっかん》としてよく着物を身に着けていた。しかし私は小さい頃、着物を着たときの苦しかった記憶があり、ずっと敬遠《けいえん》してきたのだ。

案外いいものだなって思えたのは、自分が大人になったからかもしれない。

そして大好きな人に褒めてもらえる環境にあるというのも大きな理由だろう。我ながら単純だなと思うけれど、自分には色々考えて悩むよりもそれくらいが合っていると思う。

「では、奥様参りましょうか」

彼がちょっとふざけて、私に腕を差し出してきた。彼の腕に掴まると満足そうにうなずいてから店を出た。

いつもきちんとスーツを身に着けている彼だが、今日はチャコールグレーにピンストライプのタイトなスーツ。ネクタイとポケットチーフが私に合わせた鳥の子色だ。

さりげない気遣いに感心するとともに、本来なら彼のスーツを用意するのも妻の役目のひとつなのにな……と少し反省もした。

タクシーに乗って二十分ほどで到着したのは、世事にうといと言われる私でも知っている老舗《しにせ》の料亭だった。

一度でいいから来てみたいと思っていた場所なのだが、今日は緊張して楽しめそうにない。

今日のゲストの大使は、律基の上司である森本《もりもと》さんと一緒にいらっしゃるということで、中に入らずにその場で待つ。

大使が来るだけでも緊張するのに、律基の上司まで。失敗しないかそればかり気にしてしまう。

「ねぇ、何を話したらいい？」

「なんでもいいって、今日は仕事じゃないんだから。好きな食べ物とかでいいじゃないかな？」

まさかそんな、合コンのノリで話せない。

「そんなわけにはいかないでしょう？　律基の上司もいるんだし」

詳しくは知らないが、律基のような国家公務員は年功序列《ねんこうじょれつ》のイメージがある。上司との関係はとても大切なはずだ。

「気にしなくていい。今の仕事は自分に合っていると思うけど、自分の嫌なことしてまで偉くなりたいわけじゃないから」

自分の思う正しい道を歩む、自分を信じている彼らしいと思う。

でも私としては、やっぱり足を引っ張りたくない。

都合がよかっただけなんて、思われたくないから。

緊張のままがちがちで律基の隣に立っていると、一台の黒塗りの車が私たちの前に止まった。ドアが開いて真っ白いカンドゥーラが最初に目に入ってきた。

「いらっしゃったわ」

「あぁ、さすがにあの服装なら見間違えようもないな」

律基が歩き出したので、半歩下がって彼の後に続いた。

《ようこそ日本へ、お久しぶりです》

律基が英語で挨拶をすると、立派な髭を蓄えた相手が満面の笑みを浮かべた。そして彼に近づいたかと思うと、鼻先をくっつけるふりをした。

唇が触れ合うんじゃないかと思ったが、そんなこともなく律基もまたにこやかに笑っていた。どうやら私が想像するよりも、ふたりはかなり親密なようだ。
《律基、早く彼女を紹介してくれ》
《そう焦らないでください。エブラヒム、彼女が私の自慢の妻、芽里です》
《はじめまして》
エブラヒム氏が一歩近づき、手を差し出した。彼の手にそっと自分の手を重ねると、大きな手でぎゅっと握って笑みを深めた。
「はじめまして、美しい人」
たどたどしいながらも、十分理解できる日本語で挨拶されて驚くとともに、聞き覚えのある言葉に彼の顔をじっと見る。
《おお、君は！》
《あぁ、あのときカフェにいらっしゃった！》
お互いがお互いの顔を指さして笑った。
なんとエブラヒムと紹介された男性は、二カ月前に京子とお茶をしたときに、出会った方だった。
《あのときは、本当に助かったんだ。おかげで有意義な時間を過ごせた》
《それはよかったです》

まさかあのときの人が律基の仕事相手だとは夢にも思わなかった。こんな偶然があるのかと驚く。

「芽里、エブラヒムのこと知っているの？」

律基が驚くのも無理はない。

エブラヒム氏とカフェで出会ったときの話をするとさらに驚いていた。

《美しい人。これは運命だから、やっぱりわたしと結婚しないか？》

《なんだって、結婚？》

驚く律基を見て、エブラヒム氏はおかしそうに笑っている。

《冗談だ。わたしはまだ律基との友情も大切にしたいと思っているからな》

《冗談でもよしてください。大事な妻なんですから》

不満げな律基とは違い、エブラヒム氏はご機嫌だ。

私もまだ緊張はしているが、まったく知らない人ではなかったことにほっとした。

あのときの私、偉い！

自分で自分を褒めつつ、エブラヒム氏に話しかける。

《日本語、お上手なんですね、驚きました》

《〝ＹＥＳ〟と答えたいところだけれど、実は挨拶しかできない》

おどけてみせるエブラヒム氏につられて、私も笑みを浮かべた。
《はい、そろそろ妻の手を離してもらってもいいですか？》
《いいじゃないか、少しくらい》
律基が自然に私とエブラヒム氏の間に立つと、ぎゅっと握られていた手が放された。
《ここでは他の人の迷惑にもなるから、まずは中に入りましょう》
彼に言われるまで、エブラヒム氏との話に夢中になって気がつかなかった。私たちだけじゃなくて、森本夫妻もいるのに。
「ごめんなさい。私が気づくべきだったね」
「問題ないさ。さぁ、森本さんも中へ」
店の人が出迎えてくれて、森本夫妻に続いてエブラヒム氏。彼らに続いて私と律基が歩き始めた。
森本夫妻は中に入ったが、エブラヒム氏は興味のあるものを見つけては足を止めるのでなかなかたどり着かない。
《律基、あれはなんだ？》
玄関には客人を出迎えるように、色鮮やかな花手水《はなちょうず》が置かれていた。
《これは手水鉢と言って、本来は手を洗うためのものですが、現在ではこういった目

で見て楽しむものに変化しつつあるみたいですね》

《なるほどな、ではあれはなんだ？》

エブラヒム氏の興味が別のものに移ったようだ。目に見るものすべてが珍しいようで、まるで小さな子どものようにあちらこちらに視線を走らせては、律基の腕を引っ張って説明を求めている。

《後で説明しますから。とりあえず中に入りましょう》

さっきからずっと料亭の女将さんらしき人が私たちを案内するために待っている。

まだあちこち見たかったらしいエブラヒム氏は、少し残念そうにしていたが座敷には床の間があると伝えると、先陣を切って女将の後を歩き座敷に案内されていた。

「はぁ、あいかわらず落ち着きがない人だ」

ぼそっと私の隣で律基がグチるので、苦笑いを返す。

「でも、気難しい人じゃなさそうで少し安心した」

「そうかよかった。でもまさか彼と芽里がすでに出会っていたなんてな」

「私も驚いた」

「そういうところでも、俺と芽里が繋がっているみたいでうれしいよ」

ただの偶然も彼にかかれば、特別なものになるのが不思議だ。

律基が私をエスコートするように、優しく背中に手を添えてくれた。さりげない優しさで不安な私の気持ちを和らげようとしてくれているのがわかる。

座敷に到着すると、床の間に近い位置にエブラヒム氏と森本夫妻が座り、その向かいに律基と私が座った。

エブラヒム氏はイスラム教徒なので、今日の席ではアルコールは提供しない。食べられない食材などは事前に連絡してあるので、料理が届くまで歓談をする。

そこでやっと森本夫妻にご挨拶するチャンスを得た。

「蕗谷君、わたしにも君の自慢の奥さんを紹介してくれないか？」

「はい、妻の芽里です」

白髪交じりの髪をきちんと撫でつけた、五十代後半くらいの男性が同じ歳くらいの柔らかい雰囲気の女性と並んで座っている。彼が律基の上司である森本さんだ。

「ご挨拶が遅れました。蕗谷芽里です。いつも彼がお世話になっております」

彼の妻としての挨拶はまだまだ慣れていない。

「いやぁ、噂には聞いていたけれど、本当に綺麗な人だね。着物もよく似合っている。蕗谷君、こんないい子今までどこに隠していたんだ？」

少しからかうような言い方に、律基がずいぶんかわいがられているのだというのが想像できた。

「俺、恋愛は秘密主義なんで」

上司相手でもさらっとそんなふうに言ってのける律基にドキッとしたが、森本さんはまったく気にしていないようだ。

「そうだったか。あ、うちの細君、逸子《いつこ》だ」

森本さんの隣に座っている奥様を紹介された。

「はじめまして。今日は私まで同席させていただいて。お邪魔じゃないかしら」

「いいえ、妻はこういう場にまだ慣れていないので、色々教えてやってください」

「はい、よろしくお願いします」

律基の言葉に合わせて頭を下げると、逸子さんはころころと鈴の鳴るような明るい笑い声を響かせた。

「新婚さんって感じで、初々《ういうい》しくていいわね。私でわかることなら、なんでも聞いてちょうだいね」

「心強いです」

外交官の妻として長年森本さんを支えてきた奥様に教えを乞うことができるのは本当に頼もしい。

律基が今日私をここに連れてきたのは、森本夫妻と顔合わせさせる意図があったのかもしれない。
彼の気遣いに、心の中で感謝する。帰ったらちゃんとお礼を伝えなきゃ。
一方でエブラヒム氏は、落ち着きなくあちこちに視線をさまよわせている。
《いやぁ、実に日本って感じがするな》
エブラヒム氏は背後にあった床の間の方に向き直り、腕組みをして床の間をまじまじと見ている。
《自宅に作って、楽しむのもいいかもしれないな》
彼の突拍子《とっぴょうし》もない発言に、この場にいる面々が笑った。
《これはどういう意味なんだ？》
〝清流無間断〟
夏の茶席などによく使われる名言で、今の季節にぴったりのものだ。
《いやぁ、なんて書いてあるんだろう……？　後で店の人に聞いてみようか》
聞かれた律基は隣で頭をひねっている。たしかに書道の経験者でなければ掛け軸に書かれた文字を、すっと読める人は少ないだろう。
《それは〝せいりゅうにかんだんなし〟と読みます。禅語ですね》

私が簡単に説明をすると、エブラヒム氏は深くうなずきながら聞いてくれた。

《漢字というものは、文字そのものに意味があるのだな。奥が深いな》

好奇心の塊のような彼は、私の拙《つたな》い説明も真剣に聞いてくれる。

そうこうしているうちに、食事が運ばれてきて彼の興味がお皿の上のおいしそうな料理に移った。

料理の質問では、私はまったく役に立たず……。その代わり逸子さんが出汁《だし》や野菜の切り方などを説明なさっていた。

外交官の妻としてのふるまいを心得ているようで、エブラヒム氏が好みそうな話題の引き出しをたくさん持っていた。

はぁ、かっこいいな。

基本的には、夫の森本さんのそばに控えているけれど、いざとなれば流暢《りゅうちょう》な英語で相手を楽しませている。

男性陣が、難しい話をし始めたと同時に、逸子さんが私に声をかけた。

「芽里さんは、海外生活が長かったって聞いたのだけれど、あの掛け軸よく読めたわね。茶道《さどう》をされているの？」

どうやら夫の森本さんから、私の話を聞いていたようだ。

「いいえ、実は母が書道家なんです。それで知っていただけなんです。たまたま知っていただけで、他のものなら答えられなかったので運がよかっただけですね」

「なるほどね。私はお茶をするから、もしかしたら芽里さんもそうなのかと思ったの」

「すみません、でしゃばってしまって」

もしかしたらあの場は黙っておいた方がよかったのかもしれない。

「そんなことないわよ。蕗谷君のサポートができるって素晴らしいことよ」

人生の先輩に褒められ、心が弾む。

「そう言ってもらえると、ほっとしました。私できないことが多いので」

「なんでもできる人なんていないのよ。だからできることをがんばればいいの。先は長いんだから」

逸子さんの言葉に励まされる。

隣にいた森本さんもうなずいていた。

「君の英語は聞いていて気持ちいい。間を大切にしているからだろうか。誰が聞いても文句のつけようがないよ」

森本夫妻の言葉に、力を入れすぎだった気持ちがわずかに和んだ。

「はい、ゆっくりがんばります」

最初は本当に緊張して、ごはんも食べられないと思っていたけれど、次第に気持ちに余裕が出てきた。

最後にはエブラヒム氏や森本夫妻との会話を楽しむまでにリラックスできた。

食事を終えた後、律基がエブラヒム氏を近くのホテルまで送っていった。私と森本夫妻は彼を待つ間、お抹茶とお菓子をいただく。

「先日はお祝いの品をいただきましてありがとうございます。お礼が遅くなり申し訳ありません」

エブラヒム氏との会食がメインだったので、お礼を言うのがすっかり遅くなってしまった。

「いやお礼なら結構な品物と、お礼状をいただいたよ。立派な手紙で感心した。それより芽里さん、今日はお疲れさまでした。緊張していたようだけれど、大丈夫かな？」

森本さんに声をかけられて、笑みで返した。

「ご心配おかけしました。彼の仕事関係の方と同席するのはまだ二回目なので」

一度彼の同期のふたりと会った話をすると、森本さんはなるほどね、とうなずいた。

「蕗谷君たち同期は本当に仲がいいからな」

「そんな感じでした」

苦楽をともにしたのが感じられた。私にはそういう経験がないのでうらやましく思う。

「蕗谷君がいるからよくまとまっているというのはあると思うけれどね。彼は本当に不思議だよ」

「不思議……ですか？」

私が疑問に思って尋ねると、森本さんが笑って言う。

「決して悪い意味じゃないからね。彼は他人を惹きつける雰囲気がある。大胆なようでそのくせ細やかなところまで気がつく。気がついたら心を許しているっていう人が何人もいるよ。うちの家内だってそのひとりだ」

「そうそう、私もファンなのよ」

逸子さんはころころ笑いながら、森本さんの言葉を肯定した。

「エブラヒム氏のように蕗谷君を指名する人はたくさんいるんだ。勤勉で知識も豊富、彼ほどの人材はなかなかいないよ」

律基は〝こき使われている〟なんて言い方をしていたけれど、やはり私の予想通り彼は周囲から多大なる期待をされているようだ。

それは彼の持っている才能と、これまで積み上げてきた努力の成果に違いない。

「そのようにおっしゃっていただけると、彼も喜ぶと思います」

彼ならば謙遜《けんそん》するだろうけれど、それでもうれしいはずだ。

「そんな彼が選んだ君だから、興味があったんだ。蕗谷君は君を太陽のように明るい人だって言っていたけれど、本当にそうだね。今日お会いできてうれしいよ。たしか音楽がお好きだって聞いたんだが、もしよかったら週末のコンサートのチケットが余っているんだ。私たちの代わりに行ってもらえないか？」

聞けばロンドンで有名な交響楽団が来日しているようで、そちらのチケットを融通してもらえるようだ。

「よろしいのですか？」

正直国内ではなかなか取ることができないプレミアチケットだ。京子に言えばうらやましがるに違いない。ぜひ行ってみたい。

「最近蕗谷君を働かせすぎたから、そのお詫びだよ」

私が受け取りやすいように申し出てくれる、その心遣いがうれしい。

「では、ありがたくちょうだいいたします」

律基の予定を聞かなければいけないが、きっと一緒に行ってくれるだろう。

あれこれと話を聞いていると、律基が戻ってきてその日はお開きとなった。

「はぁ、もう一歩も動けない」

私はお風呂からあがると、お肌のお手入れもそこそこにベッドにごろんと転がった。

慣れない着物に、慣れない相手との食事。なんとか終えることができてほっとした私は解放感でいっぱいだった。

「芽里、お疲れさま」

律基が私のこめかみにキスを落としながら、隣に寝そべる。

「なんとかなってほっとしてる」

「謙遜しなくていい。上出来、花丸。やっぱり俺の芽里はすごいなって今日あらためて思ったよ。特にあの掛け軸の話は本当に驚いた」

手放しで褒められて少し恥ずかしくなる。

「あれは、本当に運がよかっただけ」

「その運だって、努力しない人のところにはやってこないから」

「律基ったら、私が何をしても褒めてくれるのね」

「それはそうだろ。俺の芽里は褒めるところしかないから。さぁ、うつぶせになって」

「うん……でもどうして？」

素直に彼の言う通りになり枕《まくら》に顔を埋める。

「俺のためにがんばってくれた奥さんにマッサージのプレゼントです」

彼はそう言いながら、膝立ちで私をまたぐとパジャマの上から私の体をゆっくりとほぐし始めた。

「どう、なかなかうまいだろ？」

「うん……気持ちいい」

凝り固まっていた体が彼の手によって癒《い》やされていく。

「律基ったら、そんな特技もあったのね」

「俺も初めて知った」

「え？」

私が体を起こして彼を見ると、彼は肩をすくめた。

「マッサージなんて他の人にしないからさ。大事な奥様にだけ」

「そうなんだ。私だけ特別……」

彼にとってはなんでもない言葉かもしれないけれど、私にとってはその〝特別〟がうれしかった。

「週末のコンサートのチケットもらったんだろう？」

「うん、そうなの。お仕事大丈夫かな？」

カレンダー通りに休みが取れる仕事ではないのは理解しているが、このコンサートはぜひ律基と行きたい。

「今は急ぎの案件もないし、それに森本さんが気を遣ってくれるはず」

それを聞いてほっとした。

「本当にすごいチケットなの。楽しみ！」

喜んでいる私に、律基はあたたかい笑みを向けた。

「芽里だからチケットを譲ってくれたんだと思うよ。それくらい今日の君は素晴らしかった」

きっとダメなところもたくさんあって、自分でも反省している。けれど彼はできたことだけを見て私を認めてくれている。

私、本当に幸せだな。

「交代する？　律基も疲れたでしょ？」

私の提案に彼は首を振った。

「マッサージより、抱きしめながら眠りたい」

「そんなことでいいの？」

一緒に寝るときは、いつだってそうしている。全然特別でもなんでもない。

「俺にとっては最高のご褒美《ほうび》だ」

彼はそう言うと、私の隣にごろんと横たわった。

至近距離で彼の端正な顔を見つめる。そっと彼の頬に触れると、彼が気持ちよさそうに目を閉じた。

リラックスしたその表情を見ると、なんだかたまらなくなる。外で見る彼じゃなくて、私にだけ見せる彼の表情。それが私の気持ちを高ぶらせた。

まさか自分にこんな独占欲があったなんて思わなかったな。

それだけ律基が私にとって、特別で大切な人なんだと自覚する。

大好きという気持ちを込めて、彼の唇にキスを落とすと私はまるで猫のように彼の腕の中で小さくなってくっついた。

自然に彼の腕が私を抱きしめる。

ふたりを包む幸せな夜が更《ふ》けていった。

そしてその週末、私は律基と一緒にコンサートへ向かった。

開演前のコンサートホールは多くの人でごった返していた。人気の公演だと聞いているので仕方がないが、律基とはぐれないようにしっかり彼の腕に手を絡めて歩く。

「実は俺、オーケストラは初めてなんだ。オペラとかミュージカルは何度かあるんだけど」

「そうなんだ。音楽に詳しいから初めてって聞いて驚いた」

「俺の知識は広く浅くがモットーだからな。深く知りたいのは芽里のことだけ」

「またそんなこと言ってる」

呆れ気味に彼を見ると、にこにこと笑っている。その笑みを見てしまうと、なんでも許してしまいそうだ。

森本さんが人の懐《ふところ》に入るのがうまいって言ったのが、わかる気がする。

「芽里と週に二度もデートできるなんて、無理な仕事を引き受けたかいがあったよ」

「大げさだよ。まぁ、でも私もすごくうれしいけど」

お互い目を合わせて笑い合う。こんなにも人と一緒にいて楽しいと思えるなんて、今さらだけれど不思議な気持ちだ。

彼と一緒に過ごしていると、お互いをわかり合うのに時間の長さは関係ないのだと思う。長く一緒にいてもわかり合えない人もいるし、仲よく一緒に過ごしていると思っていても意見の違いから疎遠《そえん》になることだってある。

律基とは最初から馬が合う気はしていた。ここ最近はそれをより強く実感する。

それが……勘違いじゃなければいいんだけれど。

森本さんから譲ってもらった席は、ずいぶんいい場所だった。

「いいのかな、こんなにいい席」

「かまわないさ。日頃こき使われてるし、俺からお礼を言っておく。きっとそんなこと気にしないで純粋に楽しんだ方が、あの人は喜ぶと思うけれど」

律基がそう言うなら、お礼は帰ってから考えよう。私はパンフレットを手に今日の演目の確認をしていた。

そのとき場内にアナウンスが流れる。会場が一瞬で静かになって耳を傾けている。

「本日のバイオリニストが急病のため、急遽、市川《いちかわ》利奈が代役を務めます。急な変更となりましたことをお詫び申し上げます」

アナウンスが流れ終わると、会場はざわざわと元の喧騒《けんそう》を取り戻した。

私はまさかという気持ちで、隣にいる律基に確認する。

「ねぇ今、市川利奈って言った？」

「あぁ、そうだな。どうかしたのか？」

わざわざ確認をした私を不思議に思ったようだ。

「ううん……なんでもない」

私は動揺を隠すために笑みを浮かべた。

聞き覚えのある名前。同姓同名かもしれない。小さな胸騒ぎを勘違いだと言い聞かせて、私は開演を待った。

その後始まった演奏は素晴らしいものだった。久しぶりに聴く生のオーケストラの演奏は音の波の中に身を漂わせているようだった。

しかしいつもなら音に集中して、ただ楽しむだけの時間なのに、今回はどうしても気になることがあり、音に集中しきれなかった。

それは公演の中盤に差し掛かった頃。ソリストを務めるバイオリニストが現れたとき、私は舞台に立つ彼女に釘付けになってしまう。

まさか……やっぱり利奈だ。

それは学生時代を一緒に過ごした仲間。私の不用意な態度で相手を傷つけ、仲違いをしたまま卒業してしまった、その相手だった。

スポットライトを浴びる彼女の演奏は、本当に素晴らしかった。

あのとき私が選考を下りたことを、彼女は怒ったけれど、私が最後まで試験を受けていたとしても、きっと彼女が選ばれていたと思う。

利奈は才能もさることながら、今日この舞台に立つまでの努力ができる子だったからだ。

あの頃に真剣に向き合っていたからこそ、私の音楽に対する態度が気に入らなかったのだろう。今となっては十分理解できるし、彼女の成功を心からのおめでとうで祝える。

素直にそう思う気持ちはあるのに、でもあのときのつらかった記憶がいつまでもなくならない。

もう何年も前の話なのにいつまでもずるずると引きずっている自分が嫌になった。

過去のことや、今の自分と急に向き合う形になって最後は演奏を楽しむことすらできなくなっていた。

「芽里」

「え、うん」

隣にいる律基から声をかけられたが、反応が遅れてしまう。

「どうかしたのか？　体調が悪い？」

「全然！　素晴らしくて感動していたところ」

わざとらしかっただろうか。しかしそうする以外どうすればよかったのだろうか。

純粋に音楽を楽しめず、せっかくいただいたチケットを無駄にしてしまったような気持ちにすらなる。

いつまでくよくよと悩んでいるのだと自分でも嫌になった。

あの日から大人の対応を身に付け、周囲に合わせて生きてきた。そのことで、前の職場でははっきりと自分の意見を口にすることができずに逃げ出した。

そんな自分が嫌で、ひとりで自分を取り戻すために単身シドニーに向かい、律基に出会って昔の自分を取り戻しつつあったのに……。

ふとしたきっかけで、あの頃の傷ついた自分に戻ってしまう。そんな自分が嫌だった。

それを悟られたくない。だから努めて明るくふるまった。

「そうか、それならいいけど」

彼が納得したようでほっとした。せっかく一緒にいられる貴重な時間だ。楽しく過ごしたい。

「ねぇ、お腹すいた！　何か食べて帰ろう」

「わかった。何がいい、和食は……この間食べたから、中華、イタリアン、フレンチ」

「ん～黒田さんのお店は？」

「ＯＫ、今から席が準備できるか聞いてみる」

律基はさっそく電話をかけて確認している。

「カウンターなら大丈夫だって、どうする」

私が手で大きく丸を作ると、律基はそれを伝えて電話を切った。

「じゃあ、行こうか」

「うん」

私は心の中のもやもやを吹き飛ばすかのように、元気よく答え彼の腕に自分の腕を絡め、日が落ちたけれどまだ熱気の残る夜の街を歩いた。

食事を終え、タクシーで帰宅すると時刻は二十三時を回っていた。先にお風呂に入って汗を流した私は早々にベッドに横になった。

律基は少し残っている仕事を片付けると言っていたので、先に休むことにした。

眠ってしまえば、気持ちの切り替えができる。

律基との食事中もなんとなく気分が晴れず、おしゃべりな黒田さんに助けられた。

ビールも飲んだしこのまま寝てしまえば、明日にはいつもの自分に戻っているはず。

しかし眠気は一向に襲ってこずに、何度も寝返りを打っているうちに律基が寝室にやってきた。

「芽里、まだ寝てなかったのか？」

「うん……なんだろ、ちょっと気持ちが高ぶっているのかも」

なんとかごまかそうとしたけれど、彼は私がそんな状態でないことに気がついていた。

彼はベッドに入って隣に横になった。そして私を抱き寄せるとぎゅっと自ら胸に私を閉じ込めた。

「芽里、コンサートの途中から元気がない」

しっかりと彼にはばれていたようだ。しかしこんなことで気持ちが落ちているなんて知られたくない。

「やだな、そんなことないよ。気のせいだから」

明るく答えたが、私の強がりは彼には通用しない。

「芽里は俺をみくびりすぎじゃないか？　芽里の様子がおかしいことに気づかないはずないだろ」

やっぱり隠し通すのは無理か。そもそも私自身そんなに自分をごまかすのがうまくない。

「ごめんなさい。せっかくふたりでのお出かけだったのに」

振り返れば、ずっと私の様子を気にかけて心配してくれていた。

「それは気にしなくていいさ。それよりも理由が知りたい。話せそう？」

大きな手のひらが私の背中をゆっくりと撫でる。彼が心から私を心配している気持ちが伝わってくる。

すると不思議なことに昔の傷で疼《うず》く胸が凪《な》いでいくように感じた。心配かけたのだから、彼には話をするべきだと覚悟を決める。

「実は今日のバイオリニスト、高校のときの同級生なの。……昔ちょっとしたトラブルがあった相手なんだ。そのことをまだ時々思い出しちゃうの」

すべて話そうかと思ったが、過去のことで今さらどうすることもできない。どうにかしたいわけではない。ただ自分の気の持ち方次第なのだから時間がかかっても自分で消化するしかないのだ。

そう思って詳細は話さなかったが、彼は色々と察したようだ。私が生まれ変わりたいと思ってシドニーに行った話と結びつけたに違いない。

「すごく立派になってて、よかったなっていう気持ちが間違いなく私の中にあるのに、それと同時に過去の嫌だった気持ちが浮かんできてなかなか消えなくて。もう一度彼女に会って話をしたらこのもやもやがなくなるのかなとか、考えちゃうの」

利奈とのトラブルがあった後、私の世界が一変した。

それまで仲がいいと思っていた友人たちは利奈と同じ考え方だったようで、京子以外は離れていってしまった。

それまで楽しかった学校に通うのがつらくなった。自分が知らずに人を傷つけていた事実に打ちのめされた。

それから周りに合わせて生きてきた。そうすれば周囲から浮かずに受け入れてもらえると思ったからだ。でもそれもうまくいかず、自分の中の自分と齟齬《そご》が出てきて限界を迎えてシドニーに逃げたのに。

「もう過去のことなのに、いまだにきっかけがあれば昔の自分に戻ってしまう自分が情けない。律基の前ではあなたの好きな〝元気な芽里〟でいたかったのに」

情けなくて涙がにじんだ。彼には絶対に見られたくなくて、額を彼の胸にくっつけてごまかした。

「芽里は誤解してるな」

「えっ？」

驚いた私は、隠していたはずの泣き顔を彼に見られるのもいとわずに顔をあげてしまう。

「俺が好きなのは〝元気な芽里〟だけじゃない。どんな芽里だって大好きだよ」

「律基……」

甘い笑みを浮かべて、私の頭を優しく撫でる。その手つきに胸の中が感動でかきみだされた。

「俺は、音楽のことは何もわからないけど、でもあのシドニーの青空の下でバイオリンを弾いている芽里を見たときに釘付けになった。自由で周りを楽しませる演奏をしたかと思うと、いきなりすごい曲を演奏し始めて、まるでびっくり箱みたいだった。でもその印象は今でも変わらない」

「でも日本で再会してからの私は全然ダメじゃない？」

かっこ悪いところばかり見せている気がする。

「どこが？　再会して結婚して一緒にいるようになってますます芽里が好きになった

よ。字があんなに上手なのも知らなかったし、料理ができないこと真剣に悩んでいる姿だってかわいかった。芽里が思っているマイナス面ですら俺は魅力的に思う」

「そんなはずないじゃない」

欠点がよく見えるなんてことあるだろうか。

「でもそれが本音なんだから仕方ない」

彼は本当にそう思っているようだ。彼のその気持ちにまた救われる。

「ありがとう、いつか……気にならないようになるかな」

「どうだろうな。でもそうなればいいな」

簡単にできると言わないのも彼らしい。でもできるようになるまで、見守ってくれるだろう。

「でも覚えておいてほしい。完璧な芽里が好きなわけじゃない。何かができてもできなくても俺は芽里が好きだから」

私の目ににじんでいた涙を、彼が指で拭った。

「律基、大好き」

私は彼の背中に手を回して、ぎゅっと抱きしめた。私を理解して守ってくれる大きな存在。私の大切な人。

彼はそれ以上は何も言わずに、私を抱きしめ返してくれた。私よりも少し高い体温を感じながら、その日は眠りについた。

＊　＊　＊

眠る芽里の瞼が泣いたせいで赤い。

なぜそれだけで、こんなにも胸が痛くなるのだろうか。理由はわかっている。それは俺が芽里に恋をしているからだ。

いい大人が何を言っているんだと思うが、間違いなく妻である彼女に恋をしている。そもそもの結婚の経緯も、他人に話したら驚かれる。けれど俺たちふたりはあのとき結婚を選択したことが正解だと思っている。

そして俺は、彼女という人を知れば知るほどその魅力に取りつかれる。明るい笑顔や柔軟な考え。知識も幅広くユニークな受け答えをするので、何時間でも話していられる。

そんな魅力的な彼女の近くにいて、恋をしないなんて無理な話だ。

彼女といれば何気ない毎日さえ楽しくて仕方ない。以前よりも料理をする回数が増えたのも芽里のおかげだ。俺のなんでもない料理を褒めて喜んでくれる。

彼女の「すごい」を聞くだけで自分が本当にすごい人になった気分になる。褒め上手な彼女はきっと、自分の生徒もうまく指導しているに違いない。

シドニーでの直感を信じて正解だった。

彼女の頬にかかった髪を、横にのけるとくすぐったそうに身をよじる。まるで仔猫のような甘えた仕草。

こんなにも彼女にはまるとは思わなかった。これではまるで恋を知ったばかりの思春期みたいだ。

笑顔が見たい、喜ばせたい、大切にしたい。そしてこれから先の人生も彼女と一緒にいたい。

どんどんその気持ちが強くなっていく。一緒に時間を過ごすほど心が惹かれていき、夜をともにする回数を重ねれば体も溺れていく。

これまでだって女性とつき合ったことが、ないわけじゃない。けれど芽里ほど自分の中に深く入り込んできた女性はいなかった。

ふとした瞬間に思い出すなんてこと、これまで経験したことはなかった。自分を犠牲にしても大切にしたいと思える存在、それが俺の芽里に対する気持ちだ。

しかし彼女はどう思っているだろうか。

結婚までしているのだから、俺に対して好意があるのは間違いない。うぬぼれていると思われようと、それだけは自信がある。

ただ……何もかも手放しで信頼されているかというとそうではない。

だからこそ今でも引きずっている昔の話を俺にはしなかったのだ。

彼女の悩みなら一緒に受け止めたい。たとえ解決ができなかったとしても、彼女の気持ちを知っておきたいと思うのは俺のわがままだろうか。

彼女も話そうかやめようか、悩んでいるそぶりだった。

そして下した判断が〝詳細は話さない〟だった。なんだか寂しくなってしまう。

全幅《ぜんぷく》の信頼を得るにはまだまだ時間がかかりそうだ。

シドニーに滞在していた理由も、直接的には会社でセクハラに遭ったことが原因だと言っていた。しかし遠い原因には高校時代のトラウマも関係してるのかもしれない。

そう考えれば芽里があそこまで悩む理由だけは知っておきたい。

ふと、彼女の親友の顔を思い出した。たしか連絡先を交換した。彼女に尋ねてみるのもひとつの手だろう。

おせっかいだとしても、どうにかして彼女の中にある愁《うれ》いを取り除いてあげたい。

いつだって彼女にはまぶしくなるような笑みを浮かべていてほしい。

「愛してるよ、芽里」

そっと額に口づけると、顔がほころんだような気がした。

寝顔すら愛おしくて、たまらなくなる。

今日も俺は、妻に恋い焦がれながら夜を過ごしている。

＊　＊　＊

翌朝。

私はいつもよりも早く目を覚まし、律基を起こさないようにベッドから抜け出しキッチンに向かった。

冷蔵庫の中から卵と、ソーセージ、ホウレンソウ、チーズに加えてバターも取り出す。

これくらいでいいかな。私は腕まくりをすると、スマートフォンの画面で手順を確認しながら、料理を始めた。

「ん、ホウレンソウをゆでるのね。え？　レンジ？　なるほど」

下処理したホウレンソウを冷まして、卵に加えると彩りがよくなる。初心者の作る料理なので手の込んだものはできないが、せめて見栄えだけでもよくなればいいとそう思ったのだけれど。

「え、待って。なんで……え」

手順は完璧だった。イメージトレーニングも何度もした。

しかし今お皿の上には、私の想像したものとはかけ離れたものができあがっている。

形はいびつで、焦げてしまっていた。

どうしてこうなったの？

茫然と見つめていると、寝室から出てきた律基がキッチンに顔を覗かせた。

「芽里何して――」

ひと目見ただけで、何をしているのかわかったと同時に、それがうまくいかなかったことも理解したようだ。

「み、見かけは悪いけど。たぶんおいしいはず」

レシピ通りに作ったのだから、まずいはずなんてない。

「俺のために？　ありがとう。さっそくいただこうかな」

「ちょっと、待って。先に私が味見する」

私は食器棚からフォークを取り出すと、オムレツになりそこねたスクランブルエッグを一口すくって食べる。

「んっ……」

何とも言えない味だ。チーズの塩気があるのでまずくはないが、ホウレンソウの水分が出てしまっていて味がぼんやりしている。

どうしようか考えていると、律基が私の手からフォークを取って食べてしまった。

「ん、なかなかいけるじゃないか。少し味は薄いけど」

「でも、おいしくないよ」

朝からこんなものを食べさせると思うと、申し訳ない。

「そんなことないさ。ケチャップかければいいし」

「なるほど、その手があったね」

見かけはどうしようもないが、味だけはどうにかできそうだ。

「料理なんて、ある程度は修正が効く。それよりも俺のために作ってくれたことがうれしいよ。顔洗ってから食べる」

彼はかがんで私の頬に風が頬を撫でるように、軽いキスをした後、バスルームに向かった。

その間にトーストとコーヒーの用意をする。

シャワーから出てきた彼と一緒に、ダイニングでちょっと……かなりいびつな形のオムレツを食べる。

心配していたけれど、彼は綺麗に私の作ったスクランブルエッグを食べた。

「初めてなんだから、何もかもうまくはいかないよ。でもおいしかった。昨日のお礼のつもりだろう？　ありがとう」

彼には私が今日朝ごはんを作った意図がちゃんと伝わっていたみたいだ。

「私の方こそ、昨日は……いや、いつもありがとう。話を聞いてくれて」

「いや、それで芽里がすっきりするならいくらでも話くらいは聞くよ」

夜遅くても、疲れていても、彼は私と向き合ってくれる。それがどれだけ私の力になっているのか彼はわかっているのだろうか。

前向きな気持ちで引きずらないでいられるのは、彼のおかげだ。

反省することの方が多いが、ひとつだけうまくいったことがある。

「形はあんなだったけれど今日は卵が上手に割れたの。素敵な一日になりそうじゃない？」

これまで卵を何個か割ると、必ずひとつは殻が混じってしまっていたのだ。小さな成長だけれどうれしい。

「それは朗報《ろうほう》だな、後は芽里のキスがあったら完璧なんだけど」

私は彼のリクエストに応えて立ちあがると、テーブル越しに〝今日もがんばって〟の気持ちを込めてキスをした。

昨日のお礼にもならないけれど、彼が喜んでくれてほっとした。私は目の前の味の薄い卵をほおばって、よい一日になりそうだと思った。

第五章

夫婦生活の始まりは、恋が始まったのと同時だった。お互いの中にある未熟な恋心だけを頼りにスタートした新しい生活。

うまくいくという、根拠のない自信が当初からあったけれど……まさかここまでとは。

寝ても覚めても幸せだと思う日々を送っている。日ごとに大きくなっていく彼への気持ちを時々伝えると、抱えきれないほどの気持ちが返ってくる。

こんなに毎日楽しくて幸せで大丈夫なのかと心配になる。それを律基に伝えると「新婚なんだからそんなものじゃない?」と言われたので、そういうことにしておく。

とにかく何をしても楽しくて律基の存在が私の中で大きくなっていっていた。

そんな彼に、私は何をしてあげられているだろうかと思う。一方的に与えられるだけでは、夫婦としてどうなのだろうかと。

だから彼に何か頼まれると、張り切ってしまう。

二日間帰宅することなく仕事に勤《いそ》しんだ彼に頼まれて、着替えを届ける。詳細は聞いていないけれど、近く重要な他国との会談が行われるらしくその準備に走り回っているということだった。

霞《かすみ》が関《せき》の駅に到着した時点で連絡を入れておくと彼が外に出て待っていてくれていた。

「芽里」

どのあたりにいるだろうかと、キョロキョロしていると前から彼が軽く手をあげて走ってきた。

「律基！」

駆け寄って二日ぶりに彼の顔を見る。にっこりと笑ってはいるけれど目の下のくまから疲労が伝わってきた。

「休めてないの？」

心配で尋ねたら、彼が苦笑いを浮かべた。

「今、芽里の顔見て休憩《きゅうけい》してるよ」

「もう、冗談言ってないで。体、無理しないで」

気力も体力も自信があると日頃から言っているけれど、それでも人間には限界がある。無理をしている彼を見るのはつらい。

「大丈夫。午後からは出張だから飛行機で爆睡するさ」

それのどこが大丈夫なの？　いくら海外に慣れているからと言っても、ずっと気を張っていなくてはいけないだろうに。

「移動でしか休めないなんて」

「残念なのは、芽里に会えないことだけだよ。あ、そうだ一緒に行く？」

「行きたい！」

「即答だな」

彼が声をあげて笑っている。

「行きたいけど、レッスンがあるもの。それに律基の仕事の邪魔になりそうだし」

「そんなはずないだろ。半分本気で連れていこうかと思っているけど。生徒さんが待ってるもんな」

「うん、仕事も大事だから」

京子に頼まれて始めた仕事だったけれど、思いのほか自分に合っていた。生徒さんひとりひとりの音楽と向き合い、一緒に音楽を作り上げていく作業は楽しい。

「わかってるさ。あと五日の辛抱だ」

「うん、その日は家で待っているからね」

実はこっそり味噌汁の練習をしている。本当はもっと凝った料理をふるまいたいが、無理をしても失敗が目に見えている。だから背伸びせずに、まずは味噌汁から徐々にステップアップしていくつもりだ。

「蕗谷君！　ちょっといい？　会議の前に打ち合わせしたいの」

背中越しに聞こえたのは、寒河江さんの声だった。どうやら律基が席を外していたので、ここまで探しに来たみたいだ。

「わかった。すぐに行く」

振り返って返事をした彼が、少し体をかがめて私の耳元に唇を寄せた。

「キスしたいけど、我慢する。帰ったらいっぱいしよ」

「もう」

私が拳で叩くふりをすると、彼が声をあげて笑った。

「ありがとう、元気が出た。いってきます」

「いってらっしゃい」

少し、いや、かなり寂しいけれど笑顔で送り出す。彼の背中を見送っていると、寒河江さんと目が合った。

ランチで偶然一緒になって以来だ。距離があったので会釈で挨拶をした。しかし彼女はこちらをじっと見ているだけで、なんの反応もない。

もしかして、私って気がついてない？

距離もあるし、一度しか会っていない相手だ。覚えていなくても仕方ない。けれどじっとこちらを見られているような気がするのは勘違いだろうか。

なんだか腑に落ちずにいると、背後からポンと誰かが肩に手を置いた。

「きゃあ」

肩をビクッとさせ、思わず声があがった。ぐるっと振り向くとそこには鶴岡さんが立っている。

「蕗谷の奥さん、芽里ちゃんだよね。ごめん、驚かせて」

「鶴岡さん、ご無沙汰しています」

ほっとして挨拶をする。

「どうかしたの？　蕗谷なら声をかけてこようか？」

「いいえ、もう用事はすみました」

どうやら彼は今、庁舎に戻って来たみたいだ。私の視線を追うように彼も玄関に顔を向けた。

「あ、蕗谷と寒河江」

ふたりを見た後に、鶴岡さんが私を見た。その顔はなんだかとても気まずそうだ。

「嫌だよな……旦那が元カノと、仕事とはいえ、あんなに仲よくしているのを見るのは」

「えっ？」

今、元カノって言った？　律基と寒河江さんが昔つき合っていたってこと？

一瞬にして固まってしまった。

自分の顔から表情が抜け落ちたのを感じる。

そんな私を見て、鶴岡さんは自分の失言に気がついたようだ。

「え、あれ……もしかして知らなかったの？　あちゃ～やばいかな、これ」

鶴岡さんは目に見えて慌て始めた。その姿を見て、私は我に返る。

「ごめん、俺本当に無神経でさ。知らなくていいことだったよね。ごめんなさい」

彼に悪気がないことはわかっている。以前もぽろっと口をすべらせていた。きっとそういう人なのだ。しかし与えられた事実がショックなことには変わりない。

しかしここで鶴岡さんを責めたところで、何になるというのだろうか。

律基には律基の考えがあるはずだ。だからあえて私に話をしなかったのだろう。

「いいえ、気になさらないでください」

不安を悟られないように、無理やり笑ってみせた。

「俺から、蕗谷にこのこと伝えた方がいい？」

彼は今日から海外出張だ。ただでさえ忙しい彼をこんなことで煩わせたくない。

「その必要はないです。私から話をしてびっくりさせますから」

できるだけ鶴岡さんが罪悪感をいだかないような言い方にした。目に見えて安堵《あんど》した彼に、これで正解だったのだとほっとした。

「あの鶴岡さんお時間大丈夫ですか？」

私の言葉に彼は自分の腕時計を確認して「やばい！」と叫んだ。

「あの、今度蕗谷も誘って食事に行こう。俺おごるから」

きっと罪滅ぼしのつもりだ。こういうときは遠慮《えんりょ》すれば向こうが困る。

「はい。楽しみにしていますね」

がんばって浮かべた笑みを見た彼は「じゃあ」と言い残すと走り去った。

ひとり残された私は、あらためて鶴岡さんの言った言葉を思い出した。彼の過去について考えたって仕方ない。もちろん頭ではわかっているけれど気持ちは簡単には納得できずにいる。

律基が過去に誰かとつき合ったことがあるというのは、漠然とだけれど「そうだろうな」と思っていた。

けれどこんなふうに、人づてにいきなり事実を知ることになるなんて。

過去のことで悩むなんて……それだけ律基が好きってことだよね。仕方ない。

なんとか頭を切り替えて駅に向かって歩き出した。

そして五日後、彼が帰国するその日。

私は出発前の彼に告げたように、彼の帰りを今か今かと待ち構えていた。

海外出張から戻る日は基本的にそのまま帰宅することが多い。出張や残業の多い職場なので、そうやってプライベートの時間を確保していると本人が言っていた。

毎日練習した味噌汁。彼の好きな玉ねぎ、ジャガイモ、ワカメが入っている。その他のおかずはお店で買ってきたけれど、白いご飯と味噌汁だけは私が用意した。

少しでも成長した姿を見せたいから。

彼においしいと言ってもらいたい一心で、苦手だった料理も楽しく思えるのだから不思議だ。

それに……彼のために何かして待っていないと、色々と考えすぎてしまいそうだったからだ。

頭の中に思い浮かんでくるのは、五日前に律基と寒河江さんが一緒にいたあの姿だ。そこからあのふたりにあった過去を想像して気持ちが重くなる。律基にだって過去につき合った人がいるのは当然のことだ。しかしそれが知らない相手であるのと、自分が知っている……それも、自分よりも美人で仕事もできる人だというのとでは、ずいぶん気持ちが違ってくるものだ。

また暗い気持ちに引っ張られそうになるのを、振り払って、私はテレビをつけて気分をまぎらわせることにした。

もしかしたらと思いニュース番組を見てみる。すると期待通りの場面が目に入ってきた。

オーストラリアで行われていた、律基が同行した会談の様子が映し出されていた。

ほんの少し映っただけなので、ほとんどの人には印象が残らないだろう。しかし私はその一瞬でも彼を見逃さなかった。

がんばっているんだな。

テレビに映った彼は、私の知らない人みたいだった。

彼の仕事に関しては、こんな形でちらっと垣間《かいま》見《み》ることしかできない。きっと話を聞いたとしてもその苦労を理解すらできないだろう。

できることといえば、ふたりでいるときは楽しい気分でいてもらうことと、リラックスしてもらうこと。

もう一度時計を確認していると、玄関の扉が開く音がした。

「帰ってきた！」

私は飛び上がるようにして立ちあがると急いで玄関に向かった。予想通り扉を閉める彼を見つけて思わず駆け寄って抱きしめた。

「おかえりなさい」

「ただいま。いつにもまして熱烈歓迎だな」

からかい交じりの彼の言葉に、上目遣いを返す。

「ダメ？」

「いや、実はすごくうれしい」

彼はそう言いながら、私の額にキスを落としてから、リビングに向かって歩き始めた。

ネクタイを緩めて、ジャケットを脱ぐ。

「いい匂いがする。味噌汁？」

「うん、練習して結構上手になったの」

「うれしいな。ちょうど食べたかったんだ」

彼が着替えをしている間に準備をしてダイニングテーブルに並べた。お味噌汁とご飯以外は買ってきたものだが、律基が以前おいしいと言っていた店のものだ。

並べ終わったタイミングで彼がダイニングに座った。

「おいしそう、いただきます」

彼が最初に私の作ったお味噌汁を口にした。反応が気になった私は彼を期待の籠もった目で凝視《ぎょうし》してしまう。

「うまい。そうとう練習した？」

「うん、煮干しの出汁にしてみたんだけど、どうかな？」

「すごいな。野菜すらまともに切れなかったのに」

「もう、それは言わないでよ」

お互いに笑い合いながら、食事を続ける。

「ごちそうさま。今日の食事、芽里の気持ちがすごくうれしかった」

テーブルの上に置いた私の手を、彼がぎゅっと握った。

「本当は全部作りたかったんだけど、さすがに無理だった」

実はお味噌汁を作るだけでも、かなり時間がかかった。とにかく手際が悪いのだ。

「いや、無理したら長続きしないから、何事も──」

何か含んだような言い方が気になり、彼の方を見る。するとまっすぐにこちらを見ている彼と目が合った。

「どうかした？」

何か言いたげな視線を投げかけられた。彼から切り出してくれないとわからないと思い尋ねた。

「鶴岡から聞いたんだろ、寒河江のこと。あいつが申し訳なさそうに白状したよ」

やっぱり鶴岡さん、話をしてしまったんだ……。

まさか彼からその話題を出してくるとは思わずに油断していた。一瞬にしてこわばった顔を彼が見逃すはずなどない。

「気になっているなら、なんでも聞いて。後ろめたいことは何もないから」

あんな顔をしてしまった手前、全然気にしてないなどとは言えない。

私は大きく息を吐くと、自分の気持ちを伝えた。きっと彼ならどんな感情も受け止めてくれるとわかっているからだ。

「過去の話だっていうのは理解できているの。でもできればあなたの口から聞きたかった」

「そうだな、人から聞いて気分のいいものじゃないよな。悪かった」

彼は私の嫉妬心《しっとしん》を、非難することなく受け止めてくれた。

「完全に私のくだらないやきもちだっていうのは理解しているの。でももやもやが止まらなくて」

自分でも持て余す感情を、彼にぶつけることでどうにかしようとしている。

「寒河江とは入省してすぐにつき合い始めたんだ。学生の延長のような関係で仕事が忙しくなるとお互いを重荷に感じるようになった。海外経験のあった俺はすぐに赴任が決まって……そのときに向こうから別れを切り出されたんだ。彼女に対してなんの約束もできなかった俺の責任だ」

そのときのふたりの選択に私が意見をすることはない。黙ったまま彼の話を聞く。

「どんなに当時の話を説明されても、過去のことだって言っても、俺も芽里と同じ立場なら、嫌な気持ちになるだろう。ただ同期としては本当に優秀で尊敬もできて頼りになるやつなんだ。そこは理解してほしい」

男女の関係でなくなったとしても、同僚としての関係は良好なのだろう。

たしかに私から見てもぎくしゃくした感じはなかった。だからこそ心配になってしまったのだ。

きっとこれ以上話をすることもないのだろう。律基が包み隠さず話をしてくれた。

私は大きく息を吐いて彼をまっすぐ見た。

「やきもちやいてごめんなさい」

「いいや、俺の過去が気になるほど好きになってくれているなら、それはそれでうれしいよ。芽里は気分が悪いだろうけれど」

彼がこちら側まで歩いて来て、後ろから私を抱きしめた。彼の温もりに包まれると徐々に気持ちが落ち着いてくるのがわかる。

私は彼に身を預けるとしばしその幸せに浸っていた。

しかしその時間はテーブルの上に置いてあった律基のスマートフォンの着信によって遮られた。

「……寒河江からだ」

先ほど話をしていた人物からの連絡に、落ち着いてきていたはずの気持ちがざわつく。

彼は私の気持ちがわかっているので、その場で電話に出た。

「もしもし」

彼はいつもと変わらない様子で電話に出たが、すぐに目を見開き驚いた顔をした。

「どうしたんだ？　何があった。泣いてちゃわからないだろ」

その様子から何か困ったことになっているのが伝わってきた。私も彼の様子を見守る。

「いや、話は聞く。え、もうこっちに向かっているのか。わかったちょっと待って」

彼が受話器を離して私の方を見た。

「どうやら緊急事態らしくて、ここに来たいって言っているんだ。ダメか？」

「え⁉　ここに？」

彼は静かにうなずいた。相手が他の人ならば迷わず受け入れる。しかし複雑な感情を抱いている相手の突然の訪問に戸惑う。

さっきの彼の言葉を思い出す。

『同期としては本当に優秀で尊敬もして頼りになるやつなんだ』

彼にとっては大切な仲間のひとりが助けてほしいと言っているのに、それを断ってほしいなんて言えない。

「わかった、すぐにここ片付けるね」

ここでもやもやするくらいなら、一緒に話を聞いた方がいい。彼の様子からして仕事の話ではなさそうだ。

「寒河江、こっちに来てもらっても問題ない。場所は大丈夫か？」

突然舞い込んできた話に、私たちは急いで彼女を出迎える準備をした。

ほどなくして、インターフォンが鳴る。扉を開けて、彼と一緒に寒河江さんを出迎えた私は驚いた。

「どうしたんだ、それ」

律基が声をあげたのも無理はない。

彼女は仕事帰りだったのかスーツ姿だった。しかし右半身は泥がついていた。右手をかばうようにして立っている。

その姿を見て、彼女がどうして自宅まで訪ねてきたのかがわかった。その様子では外で会えば注目を浴びてしまうだろう。

「中に入って」

「夜分にごめんなさい」

「いいから」

律基はすぐに彼女を中に入れるとソファに座らせた。私はすぐに彼女の右手を確認する。

「あっ」

「これは……どうしたんですか？」

私の質問に、困ったような顔をしただけで彼女は答えなかった。

「とりあえず、消毒だけでもしておきましょう」

彼女には傷口を洗うように言って洗面所を案内してから、救急箱を取りにリビングに戻った。

おとなしく彼女は指示に従ってくれてほっとする。

律基は私の近くに来ると短く「すまない」と謝ってきた。

「ううん、あの格好だと外で会うわけにもいかないもの」

律基は申し訳なさそうに私の頭をひと撫でして、タオルを持ち寒河江さんのもとに向かった。彼女が戻ってくるとソファに座ってもらい右手を見せてもらう。手のひらの皮が剥けて血がにじんでいたが、そう傷は深くないようでほっとした。

「少し痛いかもしれませんが、我慢してくださいね」

彼女がうなずいたので、私は脱脂綿《だっしめん》を使って消毒液を彼女の傷口に塗っていく。

「……っう」

「ごめんなさい。痛かった？」

彼女が突然顔をしかめたので、慌てて手を止めて様子を見る。しかし彼女は頭を左右に振りながら「違うんです」と小さな声でつぶやいた。

その後彼女の目から堰《せき》を切ったように涙があふれ出る。

私は驚きながらも手当を続けて、彼女が落ち着くのを待った。

しばらくして最初に口を開いたのは律基だった。

「寒河江、その傷はどうした？」

最初は言いづらそうにしていたけれど、顔をあげた彼女はここに来ることになった経緯を話してくれた。

「実は彼氏との別れ話がうまくいっていなくて」

たしか最初に会ったときにそんな話をしていたのを思い出す。

「男にやられたのか？」

律基の静かだけれど怒りの籠もった声に、彼女は小さくうなずいた。

暴力はどんな相手であっても、決して許されることではない。しかもそれが結婚まで決意するほど愛していた相手から受けたとなると、その悲しみはいかほどなのか。

私は聞いているだけでも、胸が痛くなった。

「これまでも暴力があったのか？」

彼女は首を振った。

「最初は全然話を聞き入れてもらえなくて。私ひとりじゃ、もうどうしようもない」

うつむいてぽろぽろと流れる涙を、髪で隠している。震える肩から彼女が今日感じた恐怖が伝わってくるようだ。

律基も私もどう声をかけていいのかわからずに、黙ったままでいた。

沈黙が続く中、彼女が意を決したように口を開いた。

「蕗谷君。ずうずうしい話だというのはわかっているんだけど、彼との話し合いの場についてきてほしいの」

寒河江さんは涙で濡れた目で、必死になって訴えかける。

「それは……」

律基が戸惑うのも無理はない。両者の知り合いならともかく、弁護士でも警察でもない彼に同席してほしいと言っているのだから。

そのうえ律基は寒河江さんの元カレだ。もしその事実を婚約者が知ったら、火に油を注ぐことにならないだろうか。

「面倒なことを頼んでいる自覚はあるの。でも私ひとりで話しても聞いてもらえないから。あなたがいれば話し合いができると思うの」

たしかにひとりで行くよりは、冷静に対応してもらえるかもしれないが。それに律基を頼ったのも理解できる。彼なら物事を丸く収めるのに長《た》けている。

「弁護士に相談することも考えたの。でも仮にも好きだった人だからできれば大ごとにしたくない」

彼女の気持ちもわからなくはない。人間には捨てられない情というものがある。

律基はどうするつもりなのだろうか？

彼の様子を窺うと、困ったような表情を浮かべて口をつぐんでいる。色々な葛藤《かっとう》があるに違いない。その中には私の気持ちも含まれているだろう。

ここで彼の背中を押せるのは私だけだ。彼は寒河江さんのことを大切な同期だと言っていた。彼女を助けたいという気持ちと、私への配慮の間で思い悩んでいるように見えた。

「話し合いの場にいるだけなら問題ないんじゃないの？　律基なら人当たりがいいからうまく説得できそう。それに人目のあるところなら暴力を振るわれる可能性も低くなりそうだし」

心の中にこれ以上元カノのプライベートに関わってほしくないという気持ちがないわけじゃない。けれどいつまでもそれを引きずるわけにはいかない。

律基と寒河江さん、どちらかが仕事を辞めない限り彼らの関係は続いていくのだから。自分の中で折り合いをつけるべきだ。律基がもう彼女をただの同僚だと思っているなら、私も気にしないようにしなくてはいけない。

今がその一歩なのではないかと思う。それに彼にとっては大切な同僚だ。私も彼の周りにいる人たちを大切にしたい。それが彼のためならなおさらだ。

律基は私の言葉を聞いて、最初は迷っているようだった。しかしその様子を見た寒河江さんの「お願い」のひと言で決心をしたようだ。

「わかった。でも本当にその場に立ち会うだけだ。それでもかまわないか？」

念を押す律基に、寒河江さんがうなずいた。

律基は大きく息を吐き、これからのことを聞いた。

「家には戻らない方がいいかもな。頼れるところがないなら、これからホテルを取るけど」

たしかに婚約者ならば住所を知っていてあたり前だ。自宅まで押しかけてくるかもしれない。

「それなら心配しないで。しばらく妹のところに身を寄せるわ。彼には妹の家までは知られていないから」

「そうか、移動はタクシーを使った方がいい。なるべくひとりで行動しないこと」

律基の言葉に、彼女は「わかった」と返事をする。

「それと俺が同席して話し合いをしても解決に至らなかった場合は、すぐに警察や弁護士に相談すること。これだけは絶対だ」

「私もそうした方がいいと思います」

彼の言う通りだ。話し合いがうまくいかなかった時点で、大きなトラブルになる前に、専門家に頼るべきだ。

「それは約束する。今日は夜遅くにごめんなさい」

そう言った彼女の顔は、まだ暗いままだったが、最初にこの部屋にきたときに比べると恐怖よりも覚悟が感じられた。

何ひとつ解決していないとしても、やるべきことが見えたことで落ち着いたのだろう。こういうときに冷静であろうとする姿を見て、本当に強い人なのだと思う。

マンションに呼んだタクシーに彼女を乗せるため律基が一階まで付き添った。

外から戻ってきた彼は、疲れた顔をしている。普段はあまり見せない顔だ。それだけ今回の話が難しい問題だと理解する。

「悪い、変なことに巻き込んで」

「ううん。大事な同僚が困ってるんだから力になるべきだよ」

優しい彼のことだ。放っておくという選択をした場合でも、きっと色々と気にしてしまうだろう。できる限りのことはしてあげたいはずだ。

「芽里、ありがとう」

彼は私を正面からその腕に閉じ込めて、抱きしめた。

「お礼を言われるようなことは、何もしてないよ」

「そんなことない。今日は芽里の優しさに甘えた」

彼が言おうとしている意図が伝わって私はうなずいた。

「頼もしいでしょ？　私」

寒河江さんが律基の元カノだと知って、うろたえていた私が何を言っているのだと自分で突っ込みたいけれど、ここは強がってみせた。

「あぁ、俺の芽里はやっぱり最高だな」

どうやら私の態度は正解だったみたいだ。

甘えたり、甘えられたり。

夫婦のあるべき姿に近づいていると思った私は、この出来事は日常によくある小さな試練だと思っていた。

数日後の仕事終わり。話し合いは早い方がいいと、その日、寒河江さんが彼氏を呼び出すことになっていた。

律基も同席するために、時間の都合をつけていたのだが。

「ダメだ、行かない」

「でも、約束したんでしょ。行かなきゃ」

私と彼は寝室で押し問答をしていた。

「こんなに熱がある芽里を放っておけるわけないだろう」

律基が手にしている体温計の液晶には三十八・五度と表示されている。

「薬も飲んだし、平気だよ」

昨日の夜から不調を感じていた。薬を飲んで早めに寝たけれど夜中にひどい頭痛で目が覚めた。彼に気がつかれないように、そっとベッドから抜け出し、熱を測って鎮痛剤を飲む。うまくベッドから抜け出したと思っていたのに、すぐに彼に見つかってベッドにつれもどされた。

朝になっても熱は一向に下がらず、体を襲う寒気にまだ熱があがりそうな予感がしていた。

浅い息をしながら、律基に伝える。

「ただの夏風邪だと思うし、病院に行けばひとりで平気だから」

幸いマンションのすぐ近くに、病院がある。

「そんな体でどうやって、病院に行くつもりだ」

たしかに起き上がろうと思っても、体に力が入らない。

「寒河江との約束は、別の日にしてもらう。病気の芽里を放っておいてまですることじゃない」

律基は私の看病をすると決めたようだ。彼が一度決めたなら、ここから私が何を言っても絶対に譲らないだろう。

それに今は彼を説得する元気が私にはなかった。

無理やり布団《ふとん》の中に押し込まれた私は、朦朧とする意識の中で寒河江さんに頭を下げた。

病院で薬をもらい、週末はずっと寝て過ごした。そのおかげか日曜の夕方にはすっかり元気になっていた。

しかしベッドから出ることは許されずに、私は律基の作ってくれたあったかいうどんをすっている。

「本当に、びっくりするくらい完璧な看護だね。律基ってできないことある?」

私にお薬と水を差し出す彼に、思わず尋ねた。

「もちろんあるさ。一晩抱き合って、絶対につき合いたいって思った女の子の連絡先を聞けなかった」

自分のことだとすぐにわかって、飲んでいた水でむせそうになった。半目で睨むと彼は楽しそうに声をあげて笑った。

「いいじゃない、結果的には結婚できたんだから」

「それはそうか、神様はいつも俺の味方だな」

軽口をたたく彼に、私も笑みを漏らした。

今となっては私も、その神様に感謝してもしきれない。こんな素敵な相手に巡り会わせてくれて、幸せな時間を与えてくれたのだから。

これまでは体調を崩すと心細くなっていたのに、彼がいたので精神的に助けられた。献身的な看病のおかげで、いつもよりも回復が早かったように思う。

「あ~バイオリン弾きたいな」

「まだダメだ。ちゃんと元気になってからにしなさい」

まるで父親のような口調に笑ってしまう。

「でもそれだけ元気になったってことだな。ほっとした」

律基に横になるように言われた私は、もうすっかり大丈夫なのにと思いつつもおとなしく布団にもぐりこんだ。

そして気がかりなことを思い出す。

「寒河江さんの件、大丈夫だった？」

「あぁ。日程を変更してもらった。来週の水曜の仕事終わりに会ってくる」

「そっか、ごめんね」

謝る私の髪を、彼の大きな手が撫でた。

「芽里が謝ることじゃない。体調不良なんだから仕方ないだろ」

それでもやはり申し訳ない。寒河江さんにしても律基にしても、早く解決して安心したいだろうから。

私が落ち込んだのが伝わったのか、私の頭を撫で続けている。それが気持ちよくて私は目を閉じるとゆっくりと意識を手放して眠った。

翌朝、元気になった私はキッチンでコーヒーを準備していた。

出勤準備を終えた律基がネクタイ姿で現れて「今日もかっこいいな」なんて内心にやにやしていたところに、彼のスマートフォンが鳴った。

顔がさっと真剣になった。仕事関係の相手だろうか。邪魔にならないように、なるべく音をたてずにコーヒーを淹《い》れて、ベーカリーで買ってきたパンを食卓に並べる。

もしかしたらゆっくり食事ができないかもしれない。さっと食べられるように用意をしていると、電話を終えた律基が怖い顔をしながらダイニングテーブル脇に立った。

「どうかしたの？」

彼がそんな顔をするなんて、大変なトラブルがあったのだろうか。

「落ち着いて聞いて。寒河江が階段から落ちてケガをしたらしい」

私は驚きと恐怖で心臓がぎゅっと掴まれたようになった。

「それって……彼女の婚約者が？」

「それはわからない。森本さんから連絡があって、今日彼女の代わりに仕事を引き受けられないかっていう話だけだった。ひどいケガではないと言っていたけれど、今日は仕事を休むみたいだ」

大きな罪悪感が私を襲う。私は目の前がゆがんで、立っていられなくなり椅子に掴まった。

「芽里！」

「私が、熱なんか出したから」

あの日。何事もなく約束通りに律基が話し合いに参加していたら、寒河江さんはケガをしなかっただろう。

ひとりで薬を飲んで寝ていればすむ話だったのに、律基の言葉に甘えてしまったせいで彼女がケガをした。

寒河江さんが切羽詰まった状態だったのは、この間うちに来たときに理解していたはずなのに、甘く考えすぎたのだ。

「私のせいだ」

「違う。何が原因でケガをしたのかまだはっきりしていない。たとえ彼女の婚約者だった男が原因だったとしても、芽里は関係ないだろう」

律基はそう言うけれど、私は納得できない。罪悪感で押しつぶされそうだ。

「芽里、状況の確認ができたら連絡するから。あまり考えすぎないで。俺はもう行かなきゃいけないから」

これ以上ここで何か言っても、律基を困らせるだけだ。私は納得はしていないけれど、それを受け入れた。

「うん、わかった」

急に寒河江さんの仕事を受け持つことになったのだから早めに出勤しなくてはいけないだろう。

このまま落ち込んでいたら、律基は心配したまま仕事に行くことになる。私はない気力を振り絞って、笑顔を見せて彼を送り出した。

でも別れ際の彼の様子を見ていると、きっと今の私が無理をしているのは伝わっているんだろうな。

どうか……寒河江さんが無事でありますように。

今の私にはそう願うことしかできなかった。

しかし悪い予感ほど的中するとはよく言ったもので、夕方律基から入った連絡でわかったのは、寒河江さんのケガはやはり婚約者から受けた暴力が原因ということだった。

それを聞いた私は申し訳なく、律基が様子を見に行くというので同行させてもらうことにした。

行き先は彼女の避難《ひなん》先である妹さんのマンションだ。寒河江さん自身も私たちに話があるようで、律基の仕事が片付き次第待ち合わせをすることになった。

仕事が入っていたおかげで、レッスン中は考え事をしなくてすんだのはありがたかった。

ただ待ち合わせの時間が近づくにつれて、私の気持ちはどんどん申し訳ない気持ちでいっぱいになった。

「はぁ」

彼女の妹さんが住んでいるマンションの最寄り駅で律基と待ち合わせをした。待っている間もため息が止まらずに、どんどん落ち込んでいく。

なんであのタイミングで熱なんか出したの？

いつもは元気すぎるくらいで、熱なんてここ何年も出していなかったのに。自分のタイミングの悪さにうんざりする。

悶々《もんもん》と考え事をしていると「芽里」と声をかけられて顔をあげた。気がつけば待ち合わせの時間になっていたようだ。

「律基」

「何、暗い顔しているんだ。ほら、行くぞ」

彼はすっと私の手を取ると歩き出した。彼に手を引かれて歩く中やっぱりため息が漏れてしまう。

「気にしすぎだ。昼間連絡した感じだと明日には出勤できるって言っていたし、ケガ自体はそこまでひどいものじゃないはずだ」

「たしかにケガはひどくなくても、怖い思いをしたんだから精神的にはまいっているんじゃないのかな」

「それはそうだな……」

律基も今回ばかりは難しい顔をしている。

「とにかくまずは彼女に会って、話を聞いてみよう」

うなずくと彼は私の手をぎゅっと握り直して、少しだけ足を速めた。

駅から五分ほど歩いた場所にあるマンションに到着し、インターフォンを押す。するとすぐに寒河江さんの声が聞こえてきた。

『鍵を開けるから、中まで入ってきて』

彼女の指示通りに、私と律基は部屋に向かう。部屋の前でもう一度インターフォンを押すと、すぐに扉が開いて中から寒河江さんが顔を出した。

「ごめんなさいね。わざわざ来てもらって。中にどうぞ」

案内されるまま部屋の中に入る。どうやら妹さんは外出しているようで部屋には彼女だけだった。

「足は大丈夫なのか？」

「うん、まだ少し痛いから引きずっているけれど。でもずいぶん楽になったわ、明日からは出勤するつもりだし」

それを聞いてひとまずほっとした。

彼女は私が用意していたお菓子を受け取ると「ありがとう」と言って、ソファに座るように勧めてくれた。

「お茶くらいは淹れたいんだけど――こんな足だし」

「いいえ、お構いなく。あのそれよりすみませんでした。予定をキャンセルしたのは私のせいなんです」

潔《いさぎよ》く頭を下げた。あの日予定を変更せずにきちんと話し合いをしていればケガもしていなかっただろうし、問題が解決していたかもしれないと思うと、自責の念が消えない。

「気にしないで。体調不良だったんだから。蕗谷君が奥さんの看病するのはあたり前でしょう」

彼女は笑いながらそう言ったけれど、それが余計に私の罪悪感を刺激した。

「それでそのケガのことなんだが」

「ええ。実は……会えなくなったって伝えて、また日程を調整して連絡するって言ったの。でも彼はそれに納得していなかったみたいで……。庁舎近くから私の後をずっとついてきていたみたい」

「え……」

寒河江さんが、待ち伏せする彼と会ったときどれほど怖かっただろうか。それを思うと言葉が続かなかった。

「ひとけのないところで声をかけられたの。なんで予定をキャンセルしたんだって責められて。それで言い合いになってしまって……もみ合っているうちに足をすべらせたの。だから彼がわざと私を突き落としたわけじゃないのよ」

悲痛な表情で婚約者をかばう彼女の様子に、胸が痛くなる。

「それは違うだろう。そもそも跡をつけるなんてことする方が間違っている」

律基の言う通りだと思い、私は強くうなずいた。

「そうよね……なんでこんなことになっちゃったんだろう」

悲しそうに笑う顔には、疲れがにじんでいる。婚約者との明るい未来を想像した時期もあっただろう。だからこそ今の状況がやるせないに違いない。

「ちゃんとした話し合いはもう無理なんじゃないのか」

「そうだけど、でも好きだった人だからことを荒立てたくないの。それにもしかしたら別れを納得してくれる可能性も出てきたの」

「その可能性って？　何か作戦があるんですか？　手伝えることなら手伝います」

乗り掛かった舟だし、迷惑もかけた。私はできる限り彼女の力になりたいと思っている。

「そう言ってくれると心強いわ。実はあの日彼に言ってしまったの。もう次につき合っている人がいる。だからあきらめてほしいって」

彼女の言葉に一瞬にして体がこわばった。それってまさか……。

「実は蕗谷君とつき合っているって言っちゃったの。それで彼はわかったって言ってその場からいなくなったんだけど。たぶんどこかでまだ私のことを見ているはずだわ」

次に続く言葉を予想して、私は拳をぎゅっと握った。

「それでふたりにお願いがあって。本当に心苦しいんだけど、しばらくの間蕗谷君を私に貸してもらえないかしら？」

「……っう」

たしかに彼女を手助けするつもりだった。けれどその申し出に私の思考が停止してしまう。

律基を貸すって……つまり彼女と恋人同士として過ごすってことだよね。

想像しただけで胸が苦しくなる。

私は黙ったまま、どう答えるべきか悩んだ。良心は困っている人を助けるべきだと言っている。ケガの原因は自分にもあるんだからと。

ただ本音では、たとえふりだとしても律基が他の人とつき合うなんてこと想像すらしたくない。

どうしたらいいの……。

私が悩んでいる間に、答えは律基が出した。

「悪いが寒河江、それはできない」

「どうして？ 毎日じゃなくていいの。一度彼と会ってもらって、彼が納得するまで何度か恋人のふりをしてくれるだけだから、お願い」

「別の誰かに頼めないのか？」

律基はなんとしても断ろうとしている。しかし寒河江さんもあきらめない。

「もう蕗谷君の名前を出したし、他の人にこんなみじめな話をしたくないの」

みじめ……か。その気持ちはわかるような気がする。

私はセクハラ被害だったけれど、人によっては被害者の私を悪く言う人もいた。彼女にも少なからずそんなリスクがあるならば、あまり人に知られたくないというのは理解できる。

彼女のような周りから完璧に見えるキャリアウーマンならば、なおさらそう思うのかもしれない。

「それにまた彼が現れるかもしれない。ひとりになるのが怖いの」

「寒河江……」

目に涙を浮かべ体を震わせる同期を見て、律基もどうするのが一番いいのか悩んでいるようだ。

「家はしばらくここに住む。ここなら妹がいるから安心だけど、それ以外はいつ彼が現れるかわからないわ。私が他の誰かとつき合うとなればあきらめてくれるはず。彼も自分がみじめな思いをしたくないはずだから」

ただ別れを切り出すよりも、相手がいた方が効果的だという理由もわかる。相手が律基なら、ひと目見ただけで尻込みする人すらいるかもしれない。

嫌だけれど、寒河江さんが律基を選んだ理由もわかるのだ。

「蕗谷君の都合のいいときだけでいいの。何度かあなたと一緒に過ごしている姿を見れば、彼もあきらめてくれると思うのよ」

「だがその保証はないだろ。ケガまでしてるんだからやっぱり専門家を入れて――」

「お願い蕗谷君、これで最後にするから。わがままだってわかってる。でも最後にやれることはやっておきたいの」

寒河江さんは、律基の言葉を遮ってまで必死に訴えかけている。別れを決めたとはいえ婚約者への複雑な思いもあるのだろう。そんな彼女の様子を見て律基は気持ちが揺れ動いているようだ。

私の気持ちも律基への独占欲と、寒河江さんとの罪悪感の間で揺れ動く。

そして私が最終的に出した結論は……。

「律基、寒河江さんの力になってあげて」

「芽里？」

気がつけば口からポロっと言葉が出ていた。自分でも驚いたが言葉を続ける。

「ケガをさせてしまったのは、約束をキャンセルしなきゃいけない状況にした私にも責任があるし。それに何よりももう彼女には危険な目に遭ってほしくないの」

つき合っていた相手とはいえ、まともに話の通じない相手と向き合うのは、どれほど怖かっただろうか。

「蕗谷君。芽里さんもそう言っているから。ね、お願い」

私の方を見ていた律基は、寒河江さんの方に向いた。

「寒河江、悪いがその話は受けられない」

「律基、どういうこと?」

てっきり彼は承諾するものだと思っていた私は、思わず隣に座っている彼の腕を掴んで揺すった。

「たとえうそだとしても、芽里以外の人とつき合っているだなんて言いたくない」

その言葉を聞いた瞬間、私の中のもうひとりの私がほっとしたのを感じた。

寒河江さんが困っている状況なのにこんな感情を持つのは不謹慎《ふきんしん》だと思うが、子供じみた独占欲が満たされていくのを感じる。それと同時に罪悪感も湧き起こり、心の中がぐちゃぐちゃだ。

「……そう。断られちゃった」

涙目で無理やり笑みを浮かべる寒河江さんを見ると胸が痛む。しかし律基が出した答えに私が口を出すべきではないと思ったのだ。

私がどう思っていても、最終的に判断を下すのは律基だ。

「寒河江が困っているのはわかっている。だけど俺には君を守れるとは思えない。もちろん相談には乗るし、婚約者との話し合いには同席する。だけど君が本来やるべきことは俺に恋人のふりを頼むのではなく、警察に相談することだ」

律基は中途半端に関わってても解決ができないとはっきりと言った。それを聞いた寒河江さんは残念そうにしていたけれど、しっかりとうなずく。

「たしかに蕗谷君の言う通りね。ごめんなさい、色々と取り乱して」

私は何も言えずに黙ったままでいた。どう声をかけたらいいのかわからなかったからだ。

話し合いを終えた私と律基は、マンションを出た。タクシーを拾い自宅に向かう。

「律基、どうしてあの話を受けなかったの?」

疑問に思った私は、タクシーに乗るとすぐに彼に尋ねた。

「さっき言った通りだ。芽里以外が俺の隣にいることに納得できない。人助けは素晴らしいことだけど、芽里や自分の気持ちを犠牲にするのは違っていると俺は思うんだ」

律基は私が我慢して、寒河江さんの要望を聞き入れるべきだと言ったことを理解していた。

「律基、ありがとう。私あの場で言ったことを間違っていないと思ってる。だけど律基が断ってくれてうれしかった。自分でも性格が悪いと思う。寒河江さんが困っているのに」

助けたい気持ちも、律基を独占したい気持ちもどちらも私の中にあったものだ。

「芽里、それでいいんだよ。今回のことは芽里には関係ない問題だ。そんなことで悩まなくていい。寒河江に同情する気持ちと自分を犠牲にすることはまったく別の話だ」

私は隣に座る彼の手をぎゅっと握った。

「いつも寄り添ってくれてありがとう」

どうして彼は私の気持ちが、話さなくても伝わるのだろうかと不思議に思う。

彼は繋いでいる手をしっかりと握り返してくれた。

何度彼はこうやって私の心を救ってくれるのだろう。

私は彼に何を返すことができるのだろう。

車の窓から流れる景色を眺めながら、私は自分の中の律基への思いがまた大きくなっていくのを感じた。

二日後の午後。ちょうどレッスンの空き時間が重なった私と京子は、教室近くのカフェで一緒にランチをとっていた。

私は京子に寒河江さんのことを相談した。

「はぁ、その元カノずうずうしくない？」

あいかわらず歯に衣を着せずに思ったことをはっきりと口にした京子は、眉間に皺まで寄せている。

「そこまで言わなくても。助けてくれる人がいなくて困っているんだよ」

「それはそうかもしれないけど、だけどわざわざ結婚したばかりの蕗谷さんを頼るなんておかしいよ。もしかしてまだ未練があるんじゃないの？」

京子の言葉にドキッとした。

「それはないって律基は言っていたけど」

自信がなくて声がしりすぼみになってしまう。

「それは蕗谷さん側の意見でしょ。その元カノはそう思ってないかもしれない」

京子の言葉を否定したくて、ついむきになってしまう。

「でも別れたいって言い出したのは、寒河江さんの方なんだよ」

別れを切り出された方に未練があるならわかるが、その逆はないだろうと思う。

「別れたいって言ったからって、本当にそう思っていたかどうかはわからないわ。芽里もあるでしょ、自分の気持ちとは違うことを口にすることって」

私は黙ってうなずいた。先日の言葉も発言したときは本気だと思っていたけれど、根底には律基には寒河江さんと同僚以上のつき合いをしてほしくないという思いがあった。

「もしかして、もうひと修羅場あるかもね」

「寒河江さんの元カレがまだ彼女につきまとうってこと？」

私の言葉に京子は呆れたようにため息をついた。

「そうじゃなくて、その寒河江っていう人と芽里との間によ」

「私？」

思ってもみなかった話に驚いた。

「芽里ったら人の気持ちには敏感になったけど、その分、自分の気持ちとか置かれている立場とかに鈍くなったんじゃない？」

「そうかな……」

自分ではそういうつもりはないのだが、結果だとは思うが親友の忠告はありがたくいただいておく。

そんなふうに呑気に考えていられたのは、そのときまでだった。

その日、レッスンを終えて帰宅しようとした私を待っていたのは、寒河江さんだった。

九月も終わりに近づき、日が暮れれば過ごしやすい日が増えてきた。喉が渇いていたのでアイスティーを注文したが空調が効きすぎていてホットにすればよかったなんて思った。

「ごめんなさいね。勝手に押しかけて」

「い、いえ。あのケガの具合はいかがですか？」

現実逃避《げんじつとうひ》をしていた私を呼び戻したのは、目の前にいる寒河江さんだ。

ここは駅前に昔からある喫茶店。現在十八時過ぎ、十九時閉店の店内には私と彼女以外のお客はいなかった。

「もうすっかりよくなったわ。心配かけてごめんなさいね」

にっこりとほほ笑む彼女だったが、それ以降口をつぐんでしまう。

私をここに連れてきたのは何か話をするためだろう。しかし言いづらいことなのか、さっきから一向に本題に入らずに、私は緊張を回避するためにしばしば関係ないことを考えたりしていた。

しかしいつまでもここでふたり、黙り込んでお茶を飲んでいるわけにはいかない。彼女がどうして私を訪ねてきたのか聞かなくては。

覚悟を決めた私は、彼女に話を切り出した。

「あの、何かお話があるんですよね？」

私の問いかけに彼女はやっと覚悟を決めたかのように、顔をあげて私の方を見た。

「蕗谷君を返してほしいの」

「返す？」

「そう。私本当に困っているの。だから守ってくれる人が欲しい」

必死な様子はかわいそうだと思うが、先日結果は出たはずだ。

「そのことは先日律基がお断りしたはずです」

言いづらいが、はっきりと断っていたのは事実だ。それを私に言われても困る。

「そうね〝フリ〟は断られたわ。だから本当に彼には私の恋人になってもらいたいと思って」

「え？」

何を言っているのか、理解できなかった。

「蕗谷君、あなたに気を遣って、私のお願いを断っていたわ。だからあなたが彼のそばからいなくなれば、彼はきっと私を受け入れるはず」

「何を言っ……」

茫然とする私に、彼女は自分の考えがいかに正しいかを話す。

「忘れもしない七年前よ。私と蕗谷君がつき合っていたとき、彼の海外赴任が先に決まったの。そのときについてきてって言われると思っていたのに、彼はひとりでの赴任を決めた。だから私から別れを切り出した。そうすれば焦った彼がプロポーズしてくれると思って。でも彼は……別れを選んで、ひとりで海外赴任した」

詳細を聞くのは初めてだった。今まで律基と寒河江さんが一緒にいる姿を見ても同僚という雰囲気だった。だから初めてカップルだったときの具体的な話を聞いてそのときのふたりを想像し、胸がざわついた。

「蕗谷君と別れてから、他の人ともつき合ったけれど、彼ほど素敵な人はいなかった。だから私ずっと後悔していたの、彼と別れたことを」

寒河江さんは律基の気を引くために賭けに出た。そしてその賭けに負けたのだ。だから彼のことを今でも引きずったままなのかもしれない。

「彼も同じ気持ちだって思っていたの。仕事のために泣く泣く私と別れたんだって。その証拠に彼はいつも私の仕事を気にかけてくれていたし、帰国後一緒に仕事ができるのを楽しみにしていると言っていたのに」

その判断は少し違うのではないだろうか。律基は同期として寒河江さんのことも鶴岡さんのことも大切に思っている。

彼の言葉は、同期を心配してのことでだろう。もちろんそれを彼女に指摘はできないけれど。

私は黙ったまま話を聞き続ける。

「私とやり直すつもりだって思っていたのに今度の帰国後……彼の隣にはあなたがいた」

律基が帰国したのは、二月だと聞いた。そして四月に私たちは結婚している。帰国後二カ月も経たないうちに結婚したのでたしかに彼女は驚いたのかもしれない。

「ねぇ、私の方が長い間彼のことを思っていたの。別の人とつき合ってみたけれど、やっぱり彼じゃないとダメなの。だから、私に蕗谷君を返して」

寒河江さんの声は震えている。事件のごたごたで、彼女は正常な思考が保てなくなっているのだろうか。私はあっけに取られたまま彼女を見つめる。

「蕗谷君に大切にされているあなたを見て、そこは私の場所なのにって思った。あなたは何もできないでしょ。彼にとって都合がよかったから結婚しただけだってみんな言っていたもの」

たしかに鶴岡さんもそんなふうに言っていた。律基の周りではそう見る人も少なくないのだろう。

彼の私への思いは誠実なものだ。疑いようもないほど大切にされている。

でも……私は彼のために何かできるのかと問われると……何もできない。

「芽里さん、蕗谷君の夢って知っている？」

「あ、ＯＤＡに関わる仕事をしたいって言っていました」

「その程度の話は聞いてるのね。彼は入省してからずっとそういう希望を持っているの。私なら直接手伝ってあげられるし、省内でも味方になってあげられる。私の父も外交官なの。だからね、わかるでしょ？　あなたは彼の夢を叶えるために何ができるの？」

私は……私には、何もできない。

しかしそれを口にすることはできなかった。私の小さなプライドだ。

「彼はずっと世界を見ているの。だからその隣にいるのは同じ目線で世界を見られる人がいいと私は思う。失礼だけれど、芽里さんにそれができるとは思えない」

たしかに彼の仕事の内容を聞いても、助言どころか理解すらできない。

少しばかり英語と音楽ができるだけで、他になんの取り柄もなく、今ですら律基には助けてもらってばかりなのに。

心を強く持ちたいと思うけれど、彼女の言葉に傷ついて自尊心が大きく削られていく。

この先、私が律基の足を引っ張るかもしれないの？

ふとそんな思いが頭をよぎる。そのまま考え込んでしまった私は黙ったままうつむいた。

「今日は、あなたに私の気持ちを知っておいてほしかったの。どちらを選ぶのかは蕗谷君が決めることだから。こそこそしないで彼へアプローチするからそれを伝えたかっただけ」

寒河江さんは、立ちあがると伝票を手に取った。

「あっ」

手を伸ばしたが、彼女がそれを止める。

「勝手に押しかけたのは私だから、ここは私に出させてね」

綺麗な髪を耳にかけて、私に向かって笑みを漏らした。妻は私なのに、彼女の余裕すら感じる態度に胸が痛い。

去っていく彼女は後ろ姿も完璧だった。もう足も引きずっていない。ヒールでさっそうと歩く彼女と自分を比べて大きなため息をついた。

「あんな完璧な人に宣戦布告されるなんて」

はたから見たら、私が彼女より優れているところなんて妻という事実以外ない。それがなければ完全に負け戦だ。

でも、それでも負けたくない。

律基へのこの思いは本物だし、彼が私に向けてくれる気持ちも疑いようもないくらいまっすぐだ。

私たち夫婦がしっかりしていれば、何も問題ないとそう思っていた。

強い気持ちさえあれば、私と律基の間に問題など起こるはずない。

＊＊＊

ここ最近、芽里の様子がおかしい。

いつも好奇心いっぱいの彼女が、ぼーっとしていることが増えた。何か思いつめているような表情を見せることもある。

これまで何か嫌なことがあったときは、バイオリンやピアノの演奏をしてリフレッシュするようなことが多かったが、今回はその楽器の演奏にすら集中できないようだ。

理由はおそらく寒河江のことだろう。

過去の恋愛の話を芽里にしていなかったのは、ただそんなことに費やす時間がもったいないと思えたからだ。

過去のつまらない話をするくらいなら、芽里と他愛ない話をして笑い合っている方が俺にとっては有意義だったから。

出会ってすぐに結婚したことは、一度も後悔していないが、俺も芽里もお互いのことをまだまだ知らない。

そこがこの結婚のいいところで、悪いところでもある。

学生時代に何があったのか、彼女は積極的に話そうとはしない。だから俺は芽里の親友の京子さんを頼った。

俺が芽里のことをなんでも知りたいと思うのと同じように、芽里も俺の過去の恋愛についても知りたかったのだろうか。

聞く方も話す方も楽しくない話だ。やっぱり芽里と過ごす貴重な時間をそんなことに使いたくない。

寒河江には必要以上に手助けをしないことは、芽里の前ではっきり伝えた。もちろん同期なのでできる限りのことはしてやりたいが、芽里を不安にさせてまでやる必要ない。

俺にとって何よりも大切なのは、芽里だから。

彼女はそれをわかっているんだろうか。

どんなに言葉を尽くしても、どんなに体を繋げても、俺の愛がちゃんと伝わっているような気がしない。

恋愛ってこんなに難しいものだったか？

いや、きっと相手が彼女だからだろう。

俺のこの気持ちをわかってほしいのは、芽里だけだ。

だから不安も喜びも全部ぶつけてほしいと思うものの……。彼女は彼女の中で解決策を必死で探している。

そういうところが芽里らしい。だからこそ、もどかしい思いをしながら彼女を見守ることしかできないのだ。

あれもこれもと手を出して、大切にしたい。

いつだって傷つかないように、あらゆるものから守ってやりたい。できれば部屋に閉じ込めて俺だけの愛情を受けて笑っていてほしい。

そんな独占欲むき出しの気持ちを抱いていることなど、きっと彼女は知らないだろう。もちろん知らなくていい。

だから俺は自分勝手な感情を隠して、今日も彼女に愛だけが伝わるようにとキスをした。

第六章

寒河江さんからの宣戦布告を受けた後、私は落ち着かない日々を過ごしていた。

律基の妻は間違いなく私だ。誠実な夫との関係は良好で幸せな日々を送っている。

にもかかわらず、私は寒河江さんの存在におびえていた。

人を好きになる気持ちは素敵なものだし、やめろと言ったところで止められるものではない。しかしその矛先《ほこさき》が自分の夫に向かっているとなると、胸中は複雑だ。いや、それ以上のものがある。

彼女が律基にアプローチをしたとしても、律基がそれに応えなければすむ話。何も怖がることなんてない、私は彼を信用しているのだから。

だけど……毎日不安で仕方ない。

今、もしかしたらふたりで話をして、笑い合っているかもしれない。そんな映像が頭の中に浮かんでくると、私はそのただの妄想に心を蝕《むしば》まれていく。

もし律基が私ではなく、寒河江さんを選んだら？

想像するだけでも、ショックで指先が震えた。

そう、こんなふうにありもしない現実を想像してしまうのは、律基を信用していないからじゃない。

信用できないのは、私だ。

〝都合のいい相手〟という言葉が消えない。自分が律基に見合うほどの何かを持っているわけじゃないことが、私の自信のなさを増幅させている。

これから少しずつ努力していくつもりだった。けれど努力だけではどうにもならないことがあるのも私は知っている。彼のことが好きで前向きだった気持ちが、どんどんしぼんでいくのを感じた。

無邪気に好きという気持ちだけでは、どうにもならないこともある。

よくない思考の迷路に陥っている。自分でもわかっているけれど、そこからどう抜け出せばいいのかわからない。

寝室のベッドに横になっていると、残業を終えた彼が私を起こさないように静かにベッドに腰かけた。

「おかえりなさい」

声をかけると、彼の背中がビクッとなった。どうやら、私が眠っていると思っていた彼を驚かせてしまったようだ。

「起きていたのか？」

「うん、なんとなく」

〝眠れなくて〟と続けようとしてやめた。そんなことを言えば、間違いなく彼は私を心配して何かあったのかと尋ねてくるに違いない。

そうなったときに、自分の中で解決するべき……けれどそれができないもやもやを彼にうまく説明する自信がなかったからだ。

「そうか」

彼はそれ以上言葉なく、ベッドに横になるといつものように私を抱き寄せた。

シャツ一枚越しに感じる彼の体温。それをひとりじめしようと、私は彼の背中に腕を回してぎゅっと力を入れる。

律基から伝わってくる人肌の心地よさに、張り詰めていた気持ちが緩む。彼の腕の中が、私にとって一番くつろげる場所にいつの間にかなっていた。

「今日は積極的だな」

「そう？」

いつもと違うと指摘されたようで、ドキッとしてしまう。

「律基が大好きなだけ」

「そうか」

「そうだよ、大好き」

寒河江さんが何か行動を起こすとしても……私に今できることは自分の気持ちを伝えることだけ。

「俺も芽里のことが好きだよ。気が合うな」

彼はそれ以上何も言わずに、私を自分の腕の中に閉じ込めた。

ここは私だけの場所。

そう思うと、硬くこわばっておびえていた私の心がゆっくりとけて穏やかになっていくのを感じた。


しかしその日を境に、彼と顔を合わす機会は激減した。オーストラリアでの国際会議に出席するための準備で、残業や出張が増えている。

それに加えて、寒河江さんの元カレとの話し合いがこじれているらしく、その相談にも乗っているようだ。

律基はよかれと思ってその内容を私にも教えようとした。けれど私はそれを拒否した。彼女の名前が出るだけで胸がざわざわしてしまうからだ。

だからといって気にならないわけでは決してない。

ゆえに私はあるきっかけで胸の中のもやもやを律基にぶつけてしまったのだ。

その日も遅くなるからと、彼から電話があったときだ。電話の背後から彼を呼ぶ声が聞こえた。

「もしかして、今、寒河江さんと一緒なの？」

「あぁ、今から打ち合わせだけど、どうかしたのか？　足ならもうとっくによくなっているみたいだぞ」

律基は私と寒河江さんが先日会ったことを知らない。だから私が彼女を心配してのことだと思ったようで、罪悪感が募る。

私、そんなにいい子じゃないのに。

「そう、よかった。お仕事がんばるのもいいけど、体無理しないでね」

それだけ伝えて電話を切った。

私ができるのって、こうやって心配して声をかけるだけ。一緒に打ち合わせをしたり出張をしたり……彼を助けられるのは私じゃない。

自分で生み出した負の感情に飲まれそうになる。私はそれを避けるために、一心不乱にバイオリンを演奏して自分と向き合った。彼のことを思いながら演奏すれば、少しは気持ちが落ち着くと思ったからだ。

しかし無理やり前を向こう、明るくしようとしていると、ちょっとしたことでその無理ができなくなる瞬間がある。

それが今だ。

目の前には有名店の焼き菓子が並んでいる。

「寒河江からだ。弁護士を入れてようやく婚約者と別れられたって言っていた。芽里にも迷惑をかけたからこれを渡してほしいって。これからは前向きに自分の気持ちと向き合うと言っていた」

「そう、よかったね」

口ではそう言ったものの、婚約者と完全に別れたということは、律基に対して本気になるということだ。

そう思うと、目の前のお菓子がまるで挑戦状のように思えた。

そこまで考えてはっと気がついた。

私いつからこんな考え方をするようになったの？

なんて醜い考えなの？

感謝の品としていただいたものを、そんなふうに考えてしまうなんて。自分で自分の黒い部分に気がついて、衝撃を受けるとともに落ち込んだ。情けなくて言葉が出ない。

「芽里？」

「え、何？」

ごまかそうと明るく顔をあげたつもりだったけれど、うまくできない。

そんな情緒不安定な私の頭を彼が優しく撫でた。

「がんばりすぎるなよ」

問い詰めることもなく、ただ寄り添う彼の気持ちがうれしい。その優しさに甘えて我慢できずに聞いてしまう。

「私のことがいらなくなったら、ちゃんと言ってね」

彼がもし寒河江さんを選ぶようなことがあれば、はっきりと彼の口から伝えてもらいたい。

「いきなり何を言い出すんだ？　俺がそんなに簡単に芽里を手放すわけないだろう。俺、そんなに不安にさせるようなことした？」

困った顔の彼が私の顔を覗き込む。彼を不快にさせてしまった。

「律基は何も悪くないよ。ただ……どこに行っても、ちゃんと戻ってくるよね？」

「いきなりどうした？　今日の芽里は」

私はそれ以上、何も言わずに、彼にぎゅっと抱きついた。

「あたり前だろう。俺が戻ってくるのは芽里のところだ。たとえ芽里がどこにいたって見つける自信がある」

私は顔をあげて彼を見る。

「なんせ日本まで逃げた姫を見つけた実績があるからな」

「そうだったね」

彼は私を抱き寄せて、額、目尻、鼻先、そして耳にキスをする。

「芽里の隣が俺のいる場所だし、俺の隣が芽里のいる場所だ。それだけは何があっても忘れないでほしい」

「うん」

悪いことばかりを想像して、勝手に悲しんでいた。一番大切にしたい彼の気持ちを信じよう。いつだって律基は私にまっすぐで、ごまかしたりしない。

彼の言葉に前向きになった私は、これまでずっと抱えてきた負の感情を封印して律基、そして自分自身と向き合う。きっとそれが彼が好きになった私だから。

「ねぇ、久しぶりに何か聞いてもらいたいな」

「いいのか～贅沢《ぜいたく》だな。じゃあ――」

ふたりで連れ立って防音室に向かう。

彼への気持ちを込めて弾こう。きっと彼はその思いを汲んでくれるはずだ。

その週末、律基は元気に私たちが出会ったオーストラリアの地に旅立っていった。

私はどこに行くにも、わりとひとりでも平気な方だ。誰か一緒に行動する人を探すよりも好奇心が勝ってしまうせいだろう。友達があまりいないのは仕方のないことだし、基本的におひとり様体質だと思っていた。

だけど結婚してから、この部屋にひとりでいるのを寂しいと感じるときがある。特に隣に律基がいないベッドで寝ているとき、たまらなく彼が恋しくなる。

何をするわけでもない、お互いに今日あったことを話したり、ふざけて笑い合ったり、時々抱きしめ合ったり。

その時間が自分にとってどれだけ大切なのかと思い知る。

そんなとき、母から荷物が届いた。発送元がチリ。荷物が紛失することもよくあるので、ここまでよく届いたなと感心する。

「いったいなんだろう」

ボロボロになった段ボールを開いて中身を取り出す。

扁額が見え包みを開く。中から出てきたのは見慣れた母の字だ。

〝雲外蒼天〟と、立派な字で書かれている。一緒に入っていた手紙の中に、その意味が母の流れるような美しい字で書かれている。

簡単に説明すれば『困難の先には明るい未来がある』という意味だそうだ。

「お母さん……」

私はその額縁をぎゅっと握りしめて、母へ思いを馳せる。

このタイミングで送ってくるなんて、やっぱり母親は偉大だと思う。

昔から放任主義の両親だったけれど、音楽や教養など生きていくのに大切なものは与えてくれた。

学生のとき、もっと助けてって言えばよかったかな。うまく甘えられていたら、もっとずっと気持ちが楽だったかもしれない。

全部自分次第なんだ。

利奈との出来事は今なら理解はできる。彼女との衝突があったおかげで成長した部分も間違いなくあるのだ。後からじゃないとわからないこともたくさんあるのだと思う。それに今の私も嫌いじゃない。

できないことばかりだし、すぐに落ち込むし悩むし。それでも身近な人に素直に甘えられるようになったのも成長だと思う。

律基に出会って、大げさでなく世界が変わった。

私は壁にかけてあるカレンダーを見て、彼が帰ってくるまであと三日だと心の中で待ち遠しく感じた。

彼が不在の間に、今回はカレーを作る練習をするつもりだ。彼が帰ってくるまで何もしないで待つより、自分の中でできることを増やすと決めた。たとえ失敗したってその方が私らしい。

思い立ってキッチンに向かった私が、エプロンをつけて冷蔵庫の中を確認しようとしたとき、ふとダイニングテーブルに置いてあったスマートフォンが着信を告げているのに気がついた。

「こんな時間に誰だろう。もしかして律基?」

時計の針はまもなく二十二時を指そうとしている。時差が一時間ほどのシドニーと日本。比較的連絡は取りやすいのだけれど、出張中はとにかく忙しいらしく電話がかかってくることは珍しかった。

うきうきしながらダイニングに駆け寄ってスマートフォンのディスプレイを見る。

見慣れない電話番号が表示されていて、がっかりするとともに誰からだろうと首を傾げた。

「もしもし」

都内の電話番号が表示されている。間違い電話かもしれないと思いながら出た電話の相手は、意外な人だった。

『もしもし、蕗谷さんの電話で間違いないでしょうか』

「はい。そうです」

父と同じくらいの年齢の男性の声だった。知り合いを思い浮かべている間に向こうが先に名乗った。

『アジア大洋州局長の森本です』

「あ、はい。ご無沙汰しております」

知っている相手とはいえ、突然のことに驚いた。

『急いでいるから、用件だけ伝えます』

「はい……」

私の中で森本さんは、温和でゆったりとした雰囲気の人だ。その人の緊迫した様子に嫌でも緊張が走る。

何、この胸騒ぎ。

体がぶるっと震えた。得体のしれない嫌な予感が体中を駆け巡る。

『落ち着いて聞いてほしい。ご主人、蕗谷君がシドニーで事故に遭ったようだ』

「……あぁ」

私は膝から崩れ落ちるようにして、その場に座り込んだ。

うそでしょう……律基っ！

こめかみに手をあてて放心状態になる。まさか律基が事故だなんて。頭の中に嫌な場面が思い浮かびそうになって、慌ててそれをかき消した。

『——もしもし、大丈夫ですか？』

「はい、あの状態は？　無事なんですよね」

かろうじて口から出たのは、彼の安否を問う言葉だった。

『それがまだ向こうも混乱しているらしく、詳細がわからないんだ。数名が病院に運ばれたようでその中には……意識のないものもいるらしい』

「そう……なんですか」

恐ろしくて指先がどんどん冷たくなっていく。いつも彼が海外出張のときは、無事で帰って来るように祈っていた。赴任先には危険な場所もある。しかし今回は慣れたシドニーだからとそこまで心配していなかったのに。

『すまないね。何かわかればすぐに連絡するから』

「よろしくお願いします」

そう伝えて電話を切った私は、床に座ったまま動けずにいた。

目の前が真っ暗で、何も考えられない。ただ怖いという思いが私の脳内を支配する。

やっと前向きになれたのに、どこに行っても私のところに戻ってきてくれるって約束したのに。

ぐるぐると、駆け巡る感情を抱えて、どうしたらいいのかわからないままその場で顔をあげた。

リビングのドアを開けて律基が帰って来るのを想像して、涙がにじんだ。

泣いたってどうしようもないじゃない。

自分を叱咤して目元を拭う。深呼吸をすると母が送ってきたばかりの額縁が目に入った。

〝雲外蒼天〟――困難の先には明るい未来がある。

そうだ、ここで心配して悩んだってどうにもならない。向こうからの情報が入ってきたとしても、すぐに私のところに連絡があるかどうかもわからない。

それなら、私はどうしたい？

自分で自分に問いかけたら、すぐに答えが出た。スマートフォンを手にして京子に電話をする。

「もしもし――少しお願いがあるんだけど」

私は京子に事情を説明しながら、電話を切った後の行動を考えていた。

体がふわっと浮く感覚は何度経験しても慣れない。しかし今の今まで準備でバタバタしていた私にとっては、やっと一息つけた瞬間だった。

結局あれ以降森本さんからの連絡はなかった。もちろん自分でも律基に電話をかけたけれど、繋がらないで今に至る。

メールなら確認する機会があるかもしれないと、送っておいた。

【そっちに行きます】

飛行機の便と到着時刻を添えての短いメッセージだ。言いたいことはたくさんあるけれど、きっと忙しくて読む暇もないだろうし、何より私の気持ちは彼に直接伝えたい。

でもよかった。帰国したときにイータスの申請をしておいて。

オーストラリアは本来滞在にビザが必要な国だ。そのビザの代わりに短い滞在期間であればイータス――電子渡航証人システムを申請しておけば、有効期間一年の間であれば何度でも入出国ができる。

私はワーキングホリデーを終えて帰国後、また一年以内にオーストラリアに行きたいと思っていた。行けるチャンスがあればすぐに飛び立てるようにイータスの申請を行っていたのだ。

こんな形で役に立つなんて、ちょっと皮肉だけれど。

それでも思い立ったら、すぐに行動できたのだから、当時の自分を全力で褒めたい気分だ。

神様が味方をしてくれている。

きっと律基も無事だ。そう信じている。

機内でも何度かメールを確認したけれど連絡はなかった。

大丈夫、大丈夫と自分に言い聞かせる。

私は静かに目を閉じた。何もせずただ彼が無事であることだけを願って。

今日のフライトは時々大きな揺れがあったものの、遅延もなく目的地であるシドニーに到着する予定だ。トラブルといえば、私のスマートフォンの充電が残りわずかだということ。

前日からあちこちに電話をしたり、飛行機のチケットを取ったりして酷使《こくし》していたせいで、そろそろ限界みたいだ。変換プラグは持ってきたので、空港についたらまずは充電できるところを探さないと。

機内の時計を確認する。あと一時間も経たないうちに、機体が着陸態勢に入るだろう。

やっと彼のいる地に立つ。そのことがうれしくて仕方なかった。彼のことを考えていると機内アナウンスが流れる。やっとシドニーに到着するのだ。

入国審査を受け、荷物を受け取った私はスマートフォンの電源を入れた。残った充電でなんとか律基に連絡が取れないか試みた。

電源を入れディスプレイが明るくなる。待ち受けにしている時計が表示される前に着信画面が表示されて慌てた。

「もしもし」

相手も確認せずに反射的に出た。

『……芽里』

「律基っ！」

聞き間違えるはずなどない。私は周囲の目も気にせずに声をあげた。

「生きてるの？　大丈夫なの？　どこにいるのっ!!」

興奮した私はまくしたてた。

『生きてるさ。芽里――』

彼が私の名前を呼んだとき、プツンとスマートフォンの電源が落ちた。

「うそでしょう？　なんで、こんなときにっ！」

自分のうかつさにつくづく呆れる。私は到着ロビーから飛び出した。一刻も早く充電できる場所を探さなくてはいけない。

インフォメーションがどこかにないか、キョロキョロと見回す。目と鼻の先にカウンターを見つけ、そこに向かってスーツケースを引きずりながら走り出した。

しかしその瞬間、背後から勢いよく手を引かれた。

「きゃあっ」

声をあげた私は、しかし後ろに倒れることはなかった。ぎゅっと抱きとめられたその手を見て私は後ろにいるのが誰だかすぐにわかった。

「律基っ」

背後から彼の体温や、少しあがっている息を感じる。

私はぐるっと後ろを向き、彼に抱きついた。

「律基っ」

思い切り抱きついて、手にしていたスーツケースが音をたてて倒れたけれど、そんなの気にしていられない。

腕にぎゅうぎゅうと力を込めて彼を抱きしめる。今ここに彼がいるということを体全体で確認した。

気がつけば目頭が熱くなっていた。安心した私はこれまで我慢していた涙を思う存分彼の腕の中で流した。

声をあげて泣くなんて、いつぶりだろうか。わんわんと泣く私を律基は変わらぬ強さで泣き止むまで抱きしめてくれていた。

やっと涙が落ち着いてきて、私は大事なことを確認していないことに気がついた。

「そうだ、律基。ケガは？　出歩いていて平気なの？」

「いきなりだな、本当に」

笑いながら彼は、左手首を私の目の前につきだした。

「軽い捻挫《ねんざ》だそうだ。だから治療の順番が後回しになって、芽里の送ってくれたメールを見るのが遅くなってしまった。そのうえ私用のスマホが壊れた。今は緊急事態だから仕事用ので代用している」

容態《ようだい》の悪い人から診察と治療が順に行われ、軽いケガですんだ彼の治療まで少し時間がかかったようだ。

そのうえスマートフォンが使えないとなると、なかなか連絡が取りづらかったのもうなずける。

それに……私も充電ができていなくて機内では電源を切っていたから。

その後も事故の処理と、通常の仕事をこなしている間に、私が飛行機に乗ったので連絡が取れなくなってしまったそうだ。

申し訳なさそうにする彼に私は首を振った。

「いいの、無事ならそれで」

心からそう思う。あの日事故に遭ったと聞いたときに彼を失う怖さに体が震えた。

私は律基の顔を下から見上げて告げた。

「もし律基が私のところに戻ってこられないようなことがあっても、私が迎えに行くから安心して」

待っているだけでは、我慢できない。いつでも彼のもとに飛んでいける自分でありたい。

彼は驚いた顔をしていたけれど、すぐに声をあげて笑い出した。

「さすが、俺の芽里だな。頼もしい」

「そうでしょう？」

得意げに笑った私は、彼のネクタイをクイッと引っ張った。彼が強制的に体をかがめた隙に私は彼の唇を奪う。

「私だって、律基がどこにいたって探し出す自信があるの。だってこんなに好きなんだもの」

私が言うや否や、彼が私の腰あたりにケガをしていない方の右手を添えてぐっと持ち上げた。

それと同時に私に唇を重ねる。何度か角度を変えて深くなるキス。

私は彼の首に手を回して、彼の情熱的なキスに応えた。

「大好き」

「俺も」

もう二度と言えなくなる可能性だってあった。だから今は気持ちを伝えられることすら幸せに感じる。

せわしなく行きかう人々の中で、私と律基は再会を喜び愛を伝え合った。

とりあえず市内に移動しようとタクシーに乗っていたときだ。律基の電話に着信があった。

「あぁ、わかったそっちに行く」

短く返事をして電話を切った彼が、申し訳なさそうに私の方を見た。

「悪い、病院に寄らなくちゃいけなくなった。鶴岡が目を覚ましたみたいなんだ」

「森本さんが言っていたのだけれど、意識のない人がいるって。それって鶴岡さんだったのね」

うなずいた律基が、今回の事故の詳細を私に聞かせてくれた。

「会談の後行われた昼食会も終えて、会場のホテルの前で車を待っていたんだ。そのとき暴走した車が俺たち職員に突っ込んできた。運転ミスが原因らしい」

「そんな……」

想像するだけでも恐ろしく、体が震えた。

「各国の大使たちを見送った後だったのは幸いだった。ホストであるオーストラリア側の人間はかなり焦っていたよ」

相手国の大使に何かあっては、大きな問題になりかねない。安全確保は何よりも大切だ。

「俺はたいしたことなかったんだが、寒河江をかばった鶴岡が頭を強く打って意識がなかったんだ」

明るい彼の笑顔を思い出して、胸が痛くなる。

「そんな顔するな。意識はちゃんと戻ったみたいだから」

私を落ち着かせようと、彼が背中を撫でてくれた。そうこうしているうちに、車は鶴岡さんが入院している病院に到着した。

私は律基について廊下を歩き、一番奥にある病室の前で足を止めた。律基がノックをすると中から返事があって扉を開ける。ベッドに横たわっている鶴岡さんが、こちらに顔を向けて軽く手をあげている。ところどころ包帯が巻かれており痛々しい。

「大丈夫か？」

「あぁ、悪いな。心配かけた」

彼の言葉に律基は首を振るだけにとどめた。

「寒河江は無事なのか？」

鶴岡さんは寒河江さんをかばってケガをした。

だから彼女の安否が気になるのだろう。

「あぁ、少し手をすりむいただけですんだみたいだ」

「そうか、よかった」

鶴岡さんがほっとした表情をした。

「あのさ、ところでなんで芽里ちゃんがそこにいるの？」

「すみません、急に。お加減いかがですか？」

私の答えに「平気」と言った後、少し痛そうに顔をしかめた。

たしかに鶴岡さんが疑問に思うのも無理はない。本来私は日本で夫の帰りを待つ身なのだから。

「うちの奥さん、俺のこと心配して飛んできてくれたんだよ」

「なんだよ、うらやましいな」

鶴岡さんは笑いながら「痛てて」と脇腹を押さえている。

「俺のところにも誰か心配で駆けつけてくれないかな」

体は痛々しいけれど、口調が私の知っている彼らしくて、ほっとした。

「その望み、ちゃんと叶いそうだけどな」

私もそして鶴岡さんも、律基の言った言葉の意味がわからなくて首を傾げた。

「ねぇ、それってどういう――」

私が真意を確認しようとしたとき、いきなり病室の扉が開いて人が入ってきた。

「鶴岡君っ」

振り向いて相手を見ると寒河江さんだった。彼女は私や律基には見向きもせずに、鶴岡さんが横になっているベッドに駆け寄った。

「寒河江も来てくれたのか？」

「あ、あたり前でしょう……私がど、どれだけ心配したのか——」

寒河江さんはそこまで言うと、ベッドに顔を伏せて泣き出した。

「え、いや。ごめん。かっこよくかばえなくて、心配かけたよな」

焦った鶴岡さんがなぜだか謝っている。それに対して寒河江さんは顔をあげた。

「お願いだから……でももう二度と私のためにケガなんてしないで」

寒河江さんは顔をあげて頬に涙を流しながら、鶴岡さんの左手をぎゅっと握った。

そのふたりの様子を見て、なんとなく以前と雰囲気が違うのを感じた。まさかと思って律基の方を見ると、肩をすくめている。

そのとき看護師さんがやってきて、処置をするから出ていってほしいと言われ私と律基、そして寒河江さんは病室の外に出た。

「芽里さん、少し話をしたいんだけど。いいかしら？」

「え、うん」

ちらっと律基の方を見ると、ちゃんと察してくれたようだ。

「俺ちょっと電話かけたり、鶴岡の状態の確認して森本さんに詳細を報告してくる」

「うん、了解」

私がうなずくと、律基はフロントにあるロビーの方に向かって歩いていった。その姿を見送った私たちは病室の前にあるベンチに座る。

しばらくの間、沈黙があった。

おそらく寒河江さんは言葉を選んでいるのだろう。決心したかのように大きく息を吐いてから彼女は話し始めた。

「芽里さん、ごめんなさい」

深く頭を下げながら言われて、私は急な話にびっくりした。

「あの……」

いきなりの謝罪にどう答えたらいいのかわからない。

「ごめんなさい、いきなり謝られてもわけがわからないわよね」

彼女はゆっくりと、最近あったことを私に話して聞かせた。

「実は婚約者と別れた後に色々と考えたの。私は本当に今も蕗谷君が好きなのか。それでふと思ったのよ、悔しかったんじゃないのかなって」

「悔しい……ですか?」

理解ができずに、詳細を聞く。

「私、芽里さんになりたかったんだと思う。あなたみたいに彼に愛されたかった」

寒河江さんは少し寂しそうに話を続けた。

「私とつき合っているときの蕗谷君って、もちろん優しかったんだけど。今のただの同期のときとなんら変わらなかった。私から好きになったからそれでもいいって当時は思っていたんだけど。本当に彼に愛されているあなたを見て、うらやましかった。だから勘違いしたの。本当は私がそうなるはずだった……って」

私の方を見た彼女は、困ったような表情を見せている。

「どんなにうらやましいと思っても、私とあなたは違うのにね。そんなこともわからなくなっていたの」

「寒河江さん……」

婚約者のつきまとい等のストレスから解放された今、やっと自分を見つめ直す時間ができたようだ。

「本当に蕗谷君、あなたの話をするときにうれしそうなのよ。あんな顔私に向けてくれなかった」

「そう……なんですね」

どんな話をしていたのかわからないが、なんとなく恥ずかしくて頬が熱くなる。

「私の勘違いに、あなたを巻き込んでごめんなさい。謝ってすむ話じゃないと思うし許せる話じゃないとは思うけれど」

彼女はもう一度、私に深く頭を下げた。

たしかに彼女の言動で私自身、不快な気持ちを持った。

落ち込んだし悲しかった。

でもそれは私が私自身と向き合い、また律基が直接的な言葉がなくても私の心に寄り添ってくれたことで解決した。

あのときの嫌な気持ちはすぐには消せないけれど、それでも私はしっかりと謝罪した彼女の気持ちを受け入れたいと思った。

「寒河江さんの気持ちはわかりました。これ以上の謝罪は結構ですから」

「ありがとう。芽里さん」

ほっとしたように、わずかに体の緊張を解いていた。そんな彼女にどうしても聞いてみたいことがある。

ずうずうしいかなと思うけれど、我慢できなかった。

「それで新しい恋が見つかったんですか？」

「あ、え、うん……そう、なの。さっきばれちゃったよね。でもまだちょっとそうかなって思うだけで。ほら、また勘違いだったら困るでしょ」

私が笑いかけると、恥ずかしさとうれしさが混ざった笑みを浮かべた。

「だって自分の命も顧《かえり》みずに助けてくれる人なんて、そうそういないでしょ？　ちょっとお調子者だけどでもそんな彼に私は心も体も救われたから」

詳しく話を聞くと、婚約者と別れるための話し合いは律基だけでなく鶴岡さんも同席していたようだ。

かなり親身に相談に乗っていて、時間の許す限り寄り添ってくれたとうれしそうに言っていた。

「よかったですね。ほっとしました」

「芽里さんには本当に嫌な思いをさせてごめんなさい」

「いいえ、うまくいくことを祈っています」

色々あったけれど、律基の大事な同期であることは違いない。鶴岡さんとうまくいったら、彼もきっと喜ぶだろう。

「あ、処置終わったみたいですね」

病室から看護師さんが出てきたのをきっかけに、私は寒河江さんと別れてロビーにいるであろう律基のもとに向かう。

ベンチから立ちあがり角を曲がると、彼が向こうから歩いてきていた。

「話は終わった？」

「うん」

私が駆け寄って彼に腕を絡ませながらほほ笑むと、彼も笑みを返してくれた。

「色々すっきりしたみたいだな」

「そう……だね。なんだか人生って本当に色々あるんだなって思った」

「なんだそれ。悟りでも開いた？」

「もう、からかわないでよ」

私は肘で彼の腕をつつく。病院の廊下なのでふたりで静かに笑い合った。

何事もぬかりのない私の旦那様は、さっきの空き時間に上司に連絡を入れて、これからの時間のオフをもぎとったようだ。

軽傷とはいえ、ケガをしている。もしかしたらこれから痛みが出るかもしれないから、今日と明日ゆっくりと過ごしてから仕事に復帰することになりそうだ。

「と、いうわけで。今からデートしませんか？」

突然の誘いに私はもちろん即ＯＫした。

飛行機を降りて彼に会うまでは、本当に生きた心地がしなかった。その彼が今元気に自分の隣にいることが本当にうれしい。

十月に入ったシドニーは東京と気温があまり変わらず、過ごしやすい。しかも今日は私の心を表すかのように晴天だ。

病院から出ると強い日差しに照らされ、まぶしくて目を細めた。このときやっと私は久しぶりに戻ってきたシドニーにわくわくできた。

「はぁ。なんだかすごく元気になっちゃった。で、どこに連れていってくれるの？」

「いいところだよ。ほら」

彼が自然に出した手に、私は手を重ねた。歩き出す歩幅もぴったりだ。いつの間にかふたりでいるときのペースができあがっている。

「もしかして」

「たぶん、芽里が想像しているところだよ」

お互い笑い合うと、我慢できなくなった私が彼の手を引いて歩く。彼も笑いながら私の後に続いた。

タクシーに乗ってやってきたのは、ふたりが出会ったボンダイビーチだ。壁に描かれたストリートアートを楽しみながら、ゆっくりと思い出の地をたどっていく。シドニー中心部を出発したときには、すでに日が傾き始めていたので少し急いだのだが、美しいサンセットに間にあった。

砂浜近くにある手すりにもたれて空を見る。

「海に沈む夕日もいいけど、ボンダイビーチから、街に太陽が飲み込まれてくのを見るのもすごく好き」

「あぁ、わかるような気がする。きっとオーストラリアの人たちの陽気さの源《みなもと》なんだろうな」

彼ならきっと理解してくれると思った。いやわからなくても、理解しようとずっと努力してくれるはず。私の夫はそういう人だ。

なんだか無性にキスしたくなって、私は手すりにもたれて立っているいつもよりも少しだけ背の低い彼の頰にキスをした。彼はまったく驚く様子もなく、同じように私にキスを返してきた。いい歳した大人だからこそ、こんなふうに無邪気に過ごせる相手が隣にいることをすごくありがたいと思う。

思わず笑みをこぼすと、彼の手が私の頬に触れた。

「やっと笑った」

「え……」

「ここのところ、ずっと無理して笑っていただろう、心配してたんだ。俺が相談に乗って解決してもよかったんだろうけど、芽里はそうされたくなさそうだったから」

「ごまかせてると思ってたのにな。たしかに自分ひとりで答えを出そうと思っていたの。でもなかなか難しくて」

彼の前では本当に隠し事ひとつできない。

「寒河江さんの件があってから、私ずっと不安だったの」

「どうして、俺は芽里だけなのに」

律基がほんの少し悲しそうな顔をする。

「あなたの問題じゃないの。全部私の気持ちの問題だから。自分のできないことばかりに目をやって、ずっと自信がなくて。私にとって律基は最高の夫だけど、律基にとってはどうなのかなって。もし他の人と結婚していたらもっと、えっと内助《ないじょ》の功《こう》みたいなので助かっていたのかなって思うと、どんどん落ち込んじゃって」

「他の人って、例えば寒河江とか？」

彼から名前が出てもう関係ないとわかっていても、なんとなくいい気はしない。

「うん。彼女なら律基と一緒に仕事ができるでしょ？　悩みも理解してあげられる」

国の重要案件を扱う仕事だ。話せないことの方が多い。私では悩みを聞くことすらできない。

「そんなふうに考えていたのか」

私がうなずくと、律基は何か少し考えてから口を開いた。

「たしかに俺は〝こうなりたい〟っていう思いがあって仕事をやっているけれど、誰かに手伝ってもらおうとは思っていない。人それぞれ仕事に対する思いは違うからな。でも人生は違う。おいしいもの、楽しいこと、うれしいこと、悲しいこと、嫌なこと、それらを誰かと共有したいと思っていて、その相手は芽里がいいんだ」

彼は私の前に立ち手を取ると、真剣なまなざしで私を射抜く。

「人生を一緒に過ごしたいと思う相手は、この世の中で芽里だけだ。それだけはいつも忘れないでほしい」

「律基……私でいいの？」

「その言葉気に入らないな。俺にとって最高の女性に使ってほしくないね」

わざとらしく睨んでくる姿に、思わず笑ってしまった。

「芽里がいい、芽里しかいらない。わからないなら何度だって言う」

「私も律基がいい。ずっと一緒にいたい」

〝人生を共有する〟その相手に私を選んでくれたことがうれしい。

潮風が私の髪を巻き上げた。それを彼が耳にかけてくれる。

「今から俺の〝愛してる〟を共有したいんだけど、いい？」

「もちろん」

私が笑顔で答えると、彼の熱い唇が落ちてきた。角度を変えて深く甘いキスにふたりだけの世界にいざなわれた。

私たちは飽《あ》きるまで、互いの唇を求め合った。

心地よい潮風、沈む夕日、耳に届く波の音、ロマンチックなキス。

本当に完璧なそのシチュエーションを壊したのは、私のお腹の音だった。

「あっ……」

律基にもばっちり聞こえていたようで、彼が一度耐えようと口もとを押さえたけれど我慢ができなかったらしくて、声をあげて笑い出した。

「仕方ないじゃない。心配で何にも食べられなかったんだもの」

律基が事故に遭ったと聞いて以来、何も喉を通らなかったのだから。

「悪かった。ほら機嫌直して。芽里の好きなもの食べよう」

食べたいものを思い出して、ますますお腹がすいてきた。

「今芽里が何を食べたいと思っているか当ててみようか?」

「うん」

「ジョーイの店のフィッシュ&チップス」

「さすがだね、正解。じゃあ急いで行こう」

またもや私は彼の手を引いて歩き出した。

「俺、芽里のこういうところが好きだよ」

「え、どういうところ?」

気になって聞いてみる。

「待っているばかりじゃなくて、自分の足で目的地に向かうところ。おまけに俺さえ引っ張っていくそういうところ」

「それって褒めているの?」

なんとなく普通の褒め言葉でないような気がする。

「もちろん、さすが俺の芽里だなって思う。これからも思いっきりやりたいことやって、俺をたくさん振り回してほしい」

どんな私でも受け入れてくれるつもりらしい。

「本当にそう思ってる？」

「あぁ」

「よかった。実はまだ今日泊まるところ決まってないの」

「えっ？　いやもう二十時近いけど」

「すっかり忘れてたの。ごめんなさい」

彼に会うことだけ考えていたから、その後どうするかなんてまったく考えていなかった。

「本当に芽里は無鉄砲だな。でもそこが好きなんだけどな」

律基は歩きながらどこかに電話していた。

「ホテルの部屋取れたから、早く飯食って帰ろう」

「え、でもまだ一緒にいたいのに」

せっかく会えたのだから、もう少し一緒にいる時間が欲しい。

「誰がひとりで帰すって言ったんだ。もちろん俺も一緒に泊まるのさ。こんな遠くまで俺のことを追いかけてくれる芽里を今夜は思い切り愛したい」

彼のストレートな言葉に、心臓の鼓動が驚くほど早くなった。

「妻の期待には、全力で応えるつもりだ」

その日の律基は、その宣言通り、これまでで一番私を大切にそして情熱的に抱いた。

出会ったシドニーの地で、夫婦としてより深く繋がった夜だった。

エピローグ

目の前に広がる芝生がしきつめられた広い庭。

スプリンクラーからあがる水しぶきがオーストラリアのまぶしい太陽の光を受けてキラキラと輝いている。

律基を追いかけてシドニーを訪れた日から半年ほど経った今、私はまたシドニーにいた。

数カ月前、律基のシドニーへの赴任が決まった。それに伴い私は迷うことなく彼と一緒にこの地へ赴いたのだ。

仕事を辞めることになったのは、本当に申し訳なかったけれど、京子は快く受け入れてくれた。産休中だった講師が復帰することになったのもタイミングがよかった。

そしてまた戻ったら、非常勤でもいいから教室の運営を手伝ってほしいとまで言ってくれた。

持つべきものは親友だと、あらためて思った。

そして今、オーストラリアにある律基の知人宅のパーティに招待されていた。ゲストとしてだけではなく、今日は手にバイオリンを持っている。

久しぶりに人前で、しかもこんなあらたまった席で演奏することになり、朝からずっとドキドキしている。

律基とともに控え室に向かい、そこにいる人物を見て驚いた。利奈だ。

「どうして、利奈がここに?」

びっくりして隣に立つ律基を見ると、彼はウィンクをひとつした。

「芽里が、会えば何か変わるかなって言ってただろ? 京子さんに相談して間に入ってもらったんだ。それでちょうど彼女が今シドニーにいるってわかったから、今日しかないと思って」

律基ってば私に黙ってそんなことをしていたなんて。

「芽里」

私の存在に気がついた利奈が、ゆっくりとこちらに歩み寄った。私は緊張で手に汗をかきながら彼女をじっと見つめた。

「久しぶりだね」

何から話せばいいのかわからなかったが、とにかく明るく声をかけた。

「うん、そうだね」

そう言ったきり、利奈は何も話さない。数秒の沈黙ののちに、利奈がいきなり深く頭を下げた。

「芽里、ごめんなさい。あなたをたくさん傷つけたのに、謝ることもできなくてずっと気になっていたの」

「利奈、やだな。顔をあげてくれない？」

私の言葉に従ってこちらを見た利奈は、目を真っ赤にして涙をためていた。それだけで彼女もずっとあのことを引きずっていたのだとわかった。

「あの頃、芽里がうらやましかった。芽里の音は明るくて素直で、いつだって楽しそうに演奏する芽里がまぶしかったの」

「利奈……」

「今さら謝っても許してもらえないかもしれない。でもまたよかったら、私と一緒に演奏してくれませんか？」

今気がついたが、彼女の手にもバイオリンが握られていた。

律基が隣から説明してくれた。

「もし、芽里がいいって言うなら、あの曲をみんなの前で披露してくれないか？　こっそり練習していただろう？」

「知っていたの?」

得意げにうなずく律基に、この人はなんでもお見通しなのだなと感心する。

たしかに私は、オーケストラで演奏する利奈を見てから、その後、私たちが仲違いする原因になったあの課題曲をよく弾いていた。

まさか彼に聞かれていたとは……。

「ぜひ、私もあの頃みたいに利奈と一緒にバイオリンが弾きたいです」

私が手を差し出すと、利奈はすぐに握ってくれた。仲直りの握手をした途端、色々な思いが込み上げて私は涙をこぼしてしまった。

「律基ったら、こんなことなら前もって教えておいてよね。もっと練習したのに」

私が涙目で唇をとがらせながら、照れ隠しに睨む。

「人生は驚きの連続だろ? 俺たちの出会いみたいに」

肩をすくめる彼を見ながら、彼にはかなわないと思うと同時に愛しさが込み上げた。

ドレスやスーツを着た老若男女が、個人の邸宅とは思えないほど広いサロンで楽しそうにシャンパン片手に談笑している。

「こんなに立派なパーティなんて聞いてなかったわよ、後で出演料徴収するわね」

「わかった、律基に言っておく」

久しぶりに会ったのに、控え室でバイオリンを一緒に弾いたら、高校生のときにタイムスリップしたような気持ちになった。

もう少し早く利奈と再会していればよかったと思う反面、今だったからこそこんなふうにすぐに打ち解けられたのかもしれないと思う。

私たちがサロンに入ると、大きな拍手で出迎えられた。利奈はプロの演奏家なので人前で披露することには慣れているだろうけれど、私が人前で演奏していたのは路上だけだ。こんなに立派な場所で演奏するとなると、どうしても緊張してしまう。

「芽里、いつもの度胸でどうにかなるわよ」

「そうだった。それが私の取りえだもの」

私たちはお互いの目を見て、バイオリンを構えた。

またこんなふうに利奈と一緒に演奏できるなんて、想像できなかったな。

「芽里、昔みたいに好き勝手弾かないでね」

「それは約束できないかな？」

ちらっと会場にいる律基を見ると、彼が軽く私に手を振った。プロの利奈と比べたら拙い演奏には違いない。それでも〝わたしらしく〟演奏する。それは彼が私に求めていることだから。

利奈と呼吸を合わせて、演奏を始めた。

サロンの中にバイオリンの伸びやかな音が広がっていく。みんなが注目し演奏に耳を傾けていた。

でもこんなにたくさんの人がいたって、結局私は彼のために演奏しているような気がする。そう思うと楽しくなってきて少々暴走気味になった。

律基はそれに気がつき楽しそうに笑っていたけれど、隣にいる利奈は一瞬私の方に視線を寄せて抗議している。

ごめんね、と目で謝ったけれど、音に没頭するとどうにも自分で制御できない。つくづく自分はプロには向いてないと思いつつ、こんな私の無茶な演奏についてくる利奈はやっぱりすごいとあらためて思った。

演奏を終えた後、こっそり利奈に腕をつねられたけれどそれだけで、無茶な演奏については許してくれたようだ。

利奈は今たくさんの人に囲まれて「次はうちで演奏してほしい」と引っ張りだこだ。友達が評価されてうれしくなる。

喉が渇いた私が、飲み物が欲しくてキョロキョロしていると「こちらをどうぞ、マダム」と声をかけられた。

「ありがとう。いただくわ」

振り向くとそこには予想通り律基が立っていて、私にシャンパングラスを差し出していた。

「今日の芽里の演奏もとてもよかった」

「そう？　利奈はすごく嫌そうにしてたけど。後で謝っておかなきゃ」

そんな会話をしながら、ふたりで自然とひとけのない方に歩いていく。テラスに続く扉を開き外に出ると、幸い誰もいなくて律基とふたりきりだ。

テラスのソファに座って、ふたりで乾杯する。

「お疲れさま。今日の芽里も一段と素敵だった」

「ありがとう。律基がそう言ってくれるなら今日の私の演奏は大成功ね」

演奏に夢中になっていて、喉がからからだ。

シャンパンで喉を潤すと生き返った気分になる。

「はぁ、おいしい」

私が飲み干すと、律基は自分の分のグラスを私に渡してきた。

「いいの？」

「あぁ、俺は芽里の自由でのびのびした演奏で胸がいっぱいだから」

彼の言葉に私はうれしくなる。

「私がこうやって、思ったことを口にして行動に移せるのは全部律基のおかげよ。世界中のどこにいたって、あなたがそばで見ていてくれるから、いつも私を肯定してくれるから、私は私でいられるの」

その言葉に彼は満足そうに、私の髪を撫でた。

「そんなこと言われたら、自分が世界一いい男だってうぬぼれそうだ」

「うぬぼれなんかじゃないよ。律基が世界一に決まってるじゃない」

私は言うや否や、彼の頬に手を添えて、チュッと小さく唇を重ねた。

「今日の演奏の報酬はいただきました」

にっこりと笑ってみせると、最初は驚いた顔をしていた彼が不敵な笑みを漏らす。

「報酬？　そんなキスで足りないだろう？」

すると彼は私の後頭部に手を添えてぐいっと引き寄せた。自然に顎があがって、薄く開いた唇で彼のキスを受け入れる。

息継ぎもままならないほどの激しいキスに、くらくらする。

「律基、もうそのくらいで」

「ダメだ。ほら、もっと」

唇が触れるまま囁かれたら、従うしかない。

私は報酬という名目の彼の愛を必死で受け止める。

オーストラリアの輝く星のもと、私たちは幸せに満ち溢《あふ》れていた。

END

あとがき

　はじめましての方も、お久しぶりの方も、このたびは『エリート外交官の反則すぎる熱情～一夜のつもりが見つけ出されて愛され妻になりました～』をお手にとってくださりありがとうございます。

　今回の主人公ふたりの出会いはオーストラリアです。実は私遠い昔、高校時代にオーストラリアのブリスベンに短期留学をしたことがありまして、それ以来オーストラリアは大好きな国のひとつです。

　そんな国を舞台に、外交官である律基ととっても明るい芽里の恋をスタートさせてみましたが、いかがだったでしょうか？

　律基はなかなか懐の広い男でしたね。芽里を否定せずにありのまま受け入れたうえで、そっと手を添えて力になる。結婚相手としては百点ですね。

　私の書くヒーローの中では珍しい方かな？　と思いつつ……優しさにときめいてもらえたらうれしいです。

＊　＊　＊

ここからはお礼を。

美しい表紙の絵を描いてくださった北沢きょう先生。ありがとうございます。

そして今回も遅筆につき合わせてしまった編集部の皆様。アドバイスをたくさんいただけたおかげでなんとか形になりほっとしています。

そして私事なのですが、この作品が出版される二〇二三年十月は、なんとデビュー十周年なんです。

二〇一三年に書き始めてここまで続けられたのも、たくさんの人が作品を手にとってくださったおかげだと思っています。

これからも、多くの人にときめきと笑顔を届けられるような作品を作っていきたいと思いますので、作品を見かけた際はよろしくお願いします。

感謝を込めて。

高田ちさき

マーマレード文庫

エリート外交官の反則すぎる熱情
～一夜のつもりが見つけ出されて愛され妻になりました～

2023年10月15日　第1刷発行　定価はカバーに表示してあります

著者　高田ちさき　©CHISAKI TAKADA 2023
発行人　鈴木幸辰
発行所　株式会社ハーパーコリンズ・ジャパン
東京都千代田区大手町1-5-1
電話　03-6269-2883（営業）
0570-008091（読者サービス係）
印刷・製本　中央精版印刷株式会社

ISBN-978-4-596-52774-5

m a r m a l a d e b u n k o